宇宙旋时

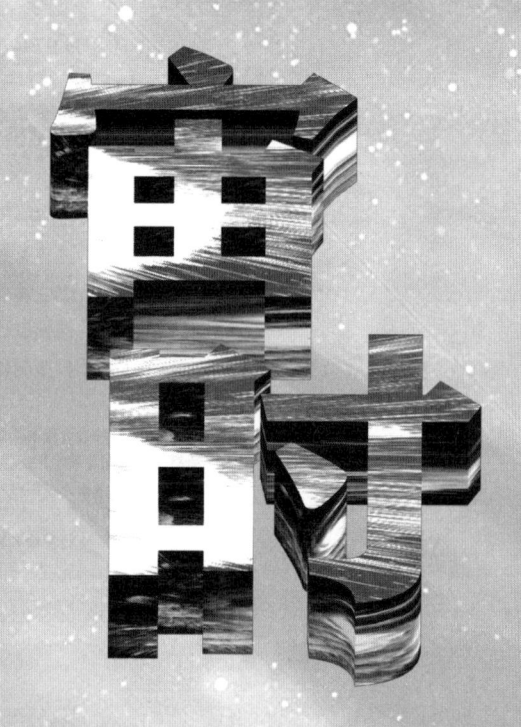

凛加——著

时代文艺出版社

图书在版编目（CIP）数据

宇宙旋时 / 凛加著.—长春：时代文艺出版社，2021.1
ISBN 978-7-5387-6248-8
Ⅰ.①宇… Ⅱ.①凛… Ⅲ.①长篇小说－中国－当代 Ⅳ.①I247.5

中国版本图书馆CIP数据核字（2019）第291216号

出 品 人	陈 琛
产品总监	邓淑杰
责任编辑	曾艳纯
装帧设计	陈 阳
排版制作	隋淑凤

本书著作权、版式和装帧设计受国际版权公约和中华人民共和国著作权法保护
本书所有文字、图片和示意图等专有使用权为时代文艺出版社所有
未事先获得时代文艺出版社许可
本书的任何部分不得以图表、电子、影印、缩拍、录音和其他任何手段
进行复制和转载，违者必究

宇宙旋时

凛加 著

出版发行 / 时代文艺出版社
地址 / 长春市福祉大路5788号 龙腾国际大厦A座15层 邮编 / 130118
总编办 / 0431-81629751 发行部 / 0431-81629755 北京开发部 / 010-63108163
官方微博 / weibo.com / tlapress 天猫旗舰店 / sdwycbsgf.tmall.com
印刷 / 三河市天润建兴印务有限公司
开本 / 710mm×1000mm 1 / 16 字数 / 197千字 印张 / 15.25
版次 / 2021年1月第1版 印次 / 2021年1月第1次印刷 定价 /38.00元

图书如有印装错误 请寄回印厂调换

目录 CONTENTS

引子 　　　　　　　　　　　　　　　　001
第一章　曼塔之城　　　　　　　　　　003
第二章　人与机器的对望　　　　　　　008
第三章　月牙港　　　　　　　　　　　018
第四章　伦理的灌输　　　　　　　　　024
第五章　现实中的虚拟你我　　　　　　031
第六章　另一个世界：塔伦区　　　　　041
第七章　冉宾……　　　　　　　　　　048
第八章　南极之殇　　　　　　　　　　058
第九章　广义与狭义物种论　　　　　　063
第十章　丛林法则　　　　　　　　　　068
第十一章　货币与区块链经济的对抗　　078
第十二章　人工智能的精神植入　　　　086

第十三章	致命要素：0=1	095
第十四章	竞选市长	106
第十五章	暗战与背叛	115
第十六章	来自于"他"的守护……	128
第十七章	2037年的夏天	134
第十八章	天琴座的出口	145
第十九章	流浪行星PSO J318.5-22	155
第二十章	进入死亡边际	162
第二十一章	凛宙的入口：四维、五维至无限维度	167
第二十二章	凛宙：生灵视角	173
第二十三章	艾伦·图灵宇宙位面	178
第二十四章	凛宙：物灵视角	192
第二十五章	凛宙之战与精神五界	200
第二十六章	暗物质宇宙的对抗	206
第二十七章	空间与时间	214
第二十八章	审哲界与旋维界的映射	219
第二十九章	德默的平行宇宙	225
第三十章	时间与结界	231
第三十一章	冉宾、哲、凯尔	236

引　子

2037，2025，2037，2025……

那个她在费纳逊河畔遥望，那个她在空间站里迷茫，那个她在蓝冰大桥上叹息，那个她在南极冰川彷徨……一个个平行时空位面，如幻灯片般翻叠掠过，繁星飘零，如梦境飞逝，瞬间成世，又转瞬幻灭。时间不均匀地流淌着，如同江河里的波涛，汹涌且无章。这里是四维还是更高维度的空间？我不确定，一切意志不过是随波逐流的叶片，无法自控却有着确定的去向：三维宇宙。

又回到了这里。黑暗，这个三维宇宙特有的属性，曾在众多生态文明中作为恐惧、孤独、邪恶的极负面标志色调，现在竟感到些许亲切……

"维度"作为定义"点、线、面、立体"等等的坐标，是一个很普及的概念，但又很难解释得清楚。由于人类身为三维物种，所以我们思维的局限性很难佐证更高维度的区域。除非真正涉足过那里，就像徘徊在生死边际的我。我从未如此简单、直观地观察过这个世界，曾经往来于生死中的我们只是反复循环在肉身与游离之间，但当驻足于高维度空间，俯视三维世界中的"喜怒哀乐，悲欢离合"时，似乎总会被某个瞬间的精神波纹所萦绕。此时的感觉和彼时的"触动心弦，痛彻心扉"别无两样。

什么是世界？这是一个人类从未停止讨论的话题。当我们的思维局限在"生与死"时，以此为区间，划"生"为"世"、限"死"为"界"，故称之为"世界"，然而这都是三维空间的错觉。本无世界，只有层级宇宙。一旦脱离了三维的束缚，一切一览无余。

如果把三维宇宙形容成一片海，那么四维、五维、六维乃至其他维度的物质就是为海里输送水滴的源泉，万物只是它们的不同组成形式。因此，躯体、情绪、思维、灵魂、一切……一个个普通的名词背后总是有着或多或少的未知。如同现在的我仍不时地回望着，回望着那平行位面中一个个远去的她。纷争、战乱、伦理、变革，一切三维层面的纠葛都可以释怀，唯独精神的痕迹像掌心的纹理一样永远无法抹平……

第一章 曼塔之城

平行宇宙位面：某一个2025年，一个人工与智能的时代节点……

深夜十一点，曼克塔伦城在经历了一天的喧嚣后逐渐归于平静。路轨线的灯光在天蓝与浅绿色之间转换着，行驶在路上的人们，有的已经入睡，有的摆弄着光影屏，有的望着夜空……

曼克区里高楼林立，虽已深夜，但依旧灯火通明。宽敞的办公间里没有工作人员的身影，服务器、计算机阵列整齐地排放着，各色指示灯在不停歇地闪烁，"他"们总是这样，总是在工作，一夜的数据处理量有多少？无所谓，人们已不再关心那些冗长的数字。物流无人机群漫步在夜空中。城市规定，除了收发货，垂直三百至五百米是其的航运通道；因此，远远望去，"他"们像是一群忙碌着的萤火虫。悬浮式轨道巴士穿梭于城市之中，"他"们仿佛是在散步，无所谓白天与黑夜，总是不紧不慢。每天这个时间，本应空闲的车厢里总会有人"散落"于此，有的躺在座位上，有的倚坐在角落处……无论是因为醉酒还是流浪或者其他什么，总之他们都有自己的原因，总之，此刻，这里就是最好的归宿。巴士又一次进入了楼群中，已不记得窗外重复过几次同样的场景。车厢内，一位老人放下手中的书，凝望着大楼玻璃幕墙内那一排排的机器……

如果说此刻曼克区的灯光里透露着同一种"静"，那么同样是灯火通明，在一桥之隔的塔伦区里，每束光却有着各自的频率。

琳娜站在落地窗前，时而远眺大桥另一端的霓虹街区，时而看着玻璃上映出的自己。

"好的，我马上就到。"

这个电话来自曼塔警署，讲了五分钟，除了脑海中反复闪现的蓝冰大桥，她并没记得太多细节。最近这是怎么了？又是蓝冰大桥，又是死亡事件，又是类似的案件，好像这里被施加了诅咒；不，对另一部分的人来说，或许正好相反。

手机响了，是父亲的电话。琳娜顺手挂断，静静地坐在电脑前，光影屏上是还没有完成的议会报告。她深叹一口气，切换到个人云空间，键入一句话：

我们总在找寻平静的方法，却等来了更加刺耳的嘲讽。

——2025.7.18

蓝冰大桥是位于两区之间的一座跨海建筑，全长两千三百多米，曾是曼塔城为之骄傲的地标和交通要道。但随着这些年剧增的海底磁悬浮隧道和弹道式交通站的出现，在其桥面上很难再看到繁重的车流。渐渐地，其实际作用被象征意义所取代，一览费纳逊河入海口那迷人的风景成了人们来此的主要原因。可令人始料未及的是，这几年大桥被贴上了"异世通道"的标签，自杀事件时有发生，好像这里有种独特的"魅力"，让轻生者们不约而同地靠近。

琳娜来到大桥时，主桥面已经拉起了警戒线，大批警察汇集于此，桥面上仅有警灯在闪烁。水面上大范围地停着多艘水警船，在直升机的射灯下，时有机械手臂和迷你潜艇被下放入海。

诺唯市长和几位议员一脸愁容，他们边听着警长的汇报，边望着嘈杂的海面。作为一名代理市长，仅在半年时间里已经出现了多次类似案件，他的压力可想而知。三个月后的新市长选举，他本应是热门候选人，可……

"对不起，市长先生。"这是琳娜的第一句话。蓝冰大桥隶属于她服务的社区，虽然这种事难以防范和控制，但她清楚该做什么。

"我需要两份报告，一份用于应付媒体，一份是分析，详细的分析。"诺唯用拇指和食指揉按着太阳穴，眼神里透着疲惫。他清楚大批记者即将蜂拥而至。

"嗯，多少人？"琳娜问。

"八十八人。"警长指了指旁边屏幕上的监控录像。

那是整齐的几排人，确切地说，是一排又一排的年轻人，好像表演时的舞台阵列，大概二十多岁的样子。第一排跨过栏杆，手牵手，十秒过后纵身一跃，消失在监控中。接着，又一排跨过栏杆，手牵手，十秒过后纵身一跃，消失在监控中。接着……琳娜的后背出了一阵冷汗，这已经是今年第四次看到类似的画面了，只是这次的人数最多。

"打捞情况怎么样？"她问。

"只找到三具遗体。"

琳娜摇了摇头，深夜的海面被各类探照灯照成了白昼，远处传来凄惨的哭声。

"那边是逝者的家属？"

警长点了点头。

琳娜是一名心理学博士,虽然只有二十六岁,但长期从事社区服务的她已于去年当选曼克区议员。此外,她还在曼塔大学工作,主要研究方向是"遗传心理学"。对普通人来说,这是个很陌生的词,简单点儿的解释就是"心理特征与基因遗传的关系",其目的是为了移植基因里的记忆模块,从而治愈深层脑部疾病。这个研究方向是基于1958年英国生物学家克里克提出的"RNA(核糖核酸)是遗传信息的中间载体"的架构。此理论已在动物体上得到验证并成功相互移植,至于人体,因为大量基因编码序列问题,始终还没有得到突破。多年来,曼塔大学一直致力于此。

为此,琳娜所在的科研团队需要搜集大量的数据来比对庞大的基因库,这些数据主要来自于"极限期人群"。所谓的"极限期人群"是指:病人、成功者、受害者、罪犯等等,总之就是那些和日常状态相比有重大心理波动的人群,因为只有在非正常事件中,人类最本能的心理特征才会凸显。

……

走在蓝冰大桥上,虽然身处炎热的夏季,但海风里透着阵阵凉意。粗壮的金属护栏上被各种刻画和涂鸦覆盖:

"坚强一些,喜欢你的并不是大海。"

"孩子,回家吧,没有什么比家更重要。"

"废物,站在这里的都是废物,别浪费我们的资源了。"

"你发什么呆啊?你跳啊!"

"我走了。"

"那里是另一个永恒。"

……

经过这里,耳边仿佛飘过很多声音,有激励、安慰、劝导、告别、蛊惑甚至讽刺。如今这个海上的"巨人"更像是隔空论坛般的存在，而辩驳的两端是"生"与"死"。

几个小时过去了，从家属的口中没有得到有价值的信息：

"和往常一样。"

"没有异常。"

"上午还在通电话，没发现有什么负面情绪。"

一切回答都大同小异，和哭声一样分不清彼此。

琳娜站在家属身旁，除了安慰再也说不出什么，手中的数据采集器显示着"特征值"为负二十三，"心率合值"为橙色，这反映了现在家属们的情绪状况，这个数据不如想象的低，因为他们的负面情绪还没有完全释放，他们心里还存有疑惑，甚至还有侥幸。警察挨个为他们做着DNA血样登记，此时，琳娜关掉采集器，独自走到护栏边，望着嘈杂的海面，脑海中不停地闪现着刚才在监控中看到的画面：那些和自己年龄相仿的年轻人，站在大桥护栏外侧，手拉着手，微摇着，好像很开心，跳向大海的瞬间似乎很轻松，轻松得像是在做游戏……

第二章 人与机器的对望

"社会不会淘汰谁,只有自己淘汰自己。"

这是一张便笺上的文字,被贴在桌角处的海棠盆栽上。

人类是充满缺陷的物种,其中最大的缺陷就是心理。这是曼塔大学对上亿份生理样本和心理数据分析后得出的结论。心理是"相对"理论的一种:好与坏、优与劣、成与败、善与恶、强与弱、简与繁等,都是相对的,它们均没有绝对的定义,一切都存在于特定的参考系内。"相对"的浅层行为是"比较",深层行为是"竞争"。在社会学层面上,这两种都属于消耗行为:时间消耗、能量精力消耗、资源消耗,它们被统称为"族群内耗"。其最直接导致的结果便是生产力无法最大化。即使人类社会已经取得了巨大的进步,但生产效率也远没有达到自然界中耗能与产出比的正值。所以,把"消耗地球"视为换取经济与科技的代价是当今的普遍共识。

若想实现生产力的最大化,只有达到"无心"状态。这正是机械式的完美境界:无欲、无争、共求。但事实证明,越复杂的生命体越难实现。显然,对人类来说,这更是仅存在于理论之中。

既然实现不了，那就要尽可能地趋近于这个"完美"。

如何趋近？

……

"社会不会淘汰谁，只有自己淘汰自己。"

坐在办公桌前，琳娜经常看着这句话沉思，和那些浮躁的生命相比，这枝海棠花更有资格享受阳光。

今天警署寄来了有关自杀事件的档案箱。此案已经结案，通常来说，警署和医院等机构只会例行地把相关数据库验证码发至曼塔大学，以用于查阅、研究，但是这次来的并不只有验证码。

诺唯代理市长在视频会议上几乎在咆哮，案卷资料里显示着警方的结论："25718案件结论：自杀，无药物及外部强迫痕迹。"显然他很不满意此调查结果，可警察的职责仅限于此。然而，深层次的不稳定因素是什么？他深感不安，为此曼塔大学专门成立了研究小组。

"诸位，请不要只把它看成一桩普通的案件，在这半年里的自杀案统计中，从五十岁到二十岁，共有一千零二十八人。以前都是个人行为，但这次是集体事件。半年里一座城市里一千多人自杀，正常吗？这里面反映了一种极负面的社会心理，具有普遍性，负面影响远大于其他刑事案件，就像股市暴跌引发大规模抛售行为一样，一旦负面情绪像病毒一样蔓延开来，我们精心呵护出来的稳定社会也就不存在了，尤其是在这个'人与机器'的时代。"

琳娜边听边看着数据库，上面显示在已打捞的遗体中抽取的"5-羟色胺（血清素）"的含量处于正常范围，且分泌曲线长时间稳定，5-羟色胺是一种在人类大脑中抑制冲动的物质，这表明这些年轻人的行为并不是因为一时的冲动或刺激而起。尸检结果也证明他们体内没有酒精和药物，现在再次回想起那监控影像里的"轻松"气氛，所有的证据便都有了数据的支持。然而这更加印证了诺唯的担心，当把自身的死亡处理得如此理性轻松时……

"抑郁？失去希望？自暴自弃？"根据经验，琳娜本能地想到几个可能的结论。任何人都想得到，可没人说出口，因为这样太过草率，市长要的是一份详细的报告，一份可以在议会和民众面前经得起推敲的专业论证。

除了验证码，文件箱里还有逝者的手机、私人硬盘、面部及指纹密码备份等物品。当这些东西被打开时，一个人的隐私也就不复存在了：搜索过的工作信息与敏感词条、浏览过的时事新闻与成人网站、下载过的经典电影与激情视频、专业的项目策划与露骨的聊天记录、年会中的正装合影与私密部位的自拍……比赤身裸体更彻底的是对内心世界的解剖。表与里的反差正是人性明面与暗面的特征，但两面都是正常的、真实的。

由于工作的需要，琳娜看过很多这样的个人资料。青年、中年、老年，大多数人的明面相似，暗面完全不同，这跟不同年龄段里的身体机能有很大关系。年龄越大，机能越差，明与暗也就更接近于彼此，直到生命终了，它们之间几乎趋近于相同。

在检查过逝者的上网痕迹后，系统列出了他们的数据相似点，这是调查集体事件中最常用的方法。其中大部分是当下非常流行的社交网站和门户网站，但有一个域名为"vvvup.fw"的网站让琳娜产生了好奇。浏览次数很多，警署的结案报告里标注其为"无异议"，但当她打开时却显示为"网页错误"，这不太合逻辑。而且最主要的是她曾经在父亲的电脑里也看到过此网站的浏览记录。

"vvvup.fw是什么网站？"琳娜联系了父亲。

"不清楚。"

"我知道您打开过它。"

父亲沉默了。

"告诉我吧，现在有个很棘手的案子可能和这网站有关，但我访问不了它。"

"好吧。"父亲叹了口气，"你需要一个软件才能访问，我把它的下载地址传给你。"

"谢谢老爸！"

这是一款端口软件，只用于访问这个网站。注册时不需要实名或身份验证，创建一个用户名和密码即可，和最原始的网站注册没什么区别。登录后，一个庞大的网站群展现在眼前，这完全出乎意料。从信息到购物再到社交等等，一切内容应有尽有，只是内容有些奇怪。绝大多数商品没有品牌，均标注为"自产"，以网络虚拟货币标价，配送方式是最原始的人工物流。论坛社区内的热点话题和主流媒体的有霄壤之别："身体各部位的敏感点""房租情感互助""我们是谁？""三名男子在激励中暴毙"……甚至有些被万人转发讨论的新闻事件在琳娜看来却闻所未闻。人们互用一些奇怪的称谓：卡德、夏夕、尤恩……和普通网站相比，这里的对喷、谩骂和愤世嫉俗少了很多，人们用些莫名其妙的语句交流着，比如数字、符号或者语法不顺的句子。她一页页地看着，好像这是网络上的另一个平行世界。

每打开一个网页，网址栏里显示的域名都是一串很长的字符，而且从不重复、各不相同，显然这种网址是程序随机产生的。此时，在后台的浏览监测中显示的就是**vvvup.fw**。

虽说这上面有很多让人不解的地方，但总体来说并没有发现什么"暴力""毒品"之类的违禁信息。琳娜不明白为什么一个正常的网站需要用端口软件登录。再次拨打父亲的电话时，他拒接了。

又一次经过蓝冰大桥，这里曾是父亲每天下班的必经之路，后来磁悬浮隧道成了他的首选。这些天里琳娜刻意来到桥上逗留片刻，她想试图身临其境地找到一些感受、一些此地的"魅力"、一些轻生者在生命临终前可能有的情绪。阵阵海风吹过，看着那些护栏上的刻画和涂鸦，她的脑海里又不自主地闪现着那天监控视频里的影像。

为什么这些网站要用端口软件才能浏览？这个问题她一直想不明白，最近父亲总是不接电话，等来的回应只是"在忙，不方便接听"。网上有很多关于这款端口软件的下载网址，没有病毒没有木马，人人都可以用，并没有什么神秘之处。坐在家里，随意点击着这些网页，完全看不出什么异常。评论区很热闹，下载区很丰富，大部分网页的显要位置有一则相同的广告："7月25日晚，塔伦区月牙港举行龙脊鱼出海派对，请朋友们踊跃参加，让我们一起感受生命！"

"感受生命？"琳娜无奈地摇了摇头，都什么年代了还用这种词。她向来对网络不感冒，如果不是为了工作，她上网的目的仅是为了和朋友联系。其实，在曼克区，像琳娜这样的人不占少数，现在不再是"网络依赖"的年代，"低头族"也不再是社会的主流。人们上网的目的更多是为了需求而不是消磨时间，或者是因为在现实中有所缺失……

生命？生命的定义是什么？不同时代、不同地域、不同宗教、不同种族对此的定义完全不同。但在这个世界里，唯有两个标准是被视为人类普遍共识的：生理学标准、哲学标准。

生理学标准属于世界层面客观判定、个人层面主观判定，即生命体征指标的存在意味着"生命"。在世界层面，它是客观存在的数字；在个人层面，它是体内心跳、血压的真实感受。

哲学标准属于世界层面主观判定、个人层面客观判定，即生命行为特征的存在意味着"生命"。在世界层面，它是非本体者眼中的形象、耳中的声音、认知中的性格特征；在个人层面，它是自己每一个行为过后，世界给予本体者的反馈。

正是基于此哲学标准，曼塔大学的科研团队在生命科学的传统研究方向以外另辟蹊径，并于近期，在市政厅的官方支持下，推出了一款人体数据软件。作为研发多年的产品，议会把它称为"变革式"创新，全力在全城推广，而负责技术解释的是参与研发的琳娜团队。推广进程非常顺利，第一天，在市政厅社交账号上发布出来简介视频，一天的下载量便超过三十万次，只是其中绝大多数IP是来自曼克区。

塔伦区总是这样，反应迟钝，对新事物的兴趣淡然，琳娜早已料到。为此她特地在塔伦世展中心组织了一场软件发布会，区议员和居民代表们聚集在现场，与此同时，成千上万的塔伦居民通过网络直播好奇地看着讲台。

"这是一款'灵魂记录'软件，我们给它取名为'深心'。它可以让您的亲人无论何时何地，即使离世也可以永远陪伴着您。"讲解员指着大屏幕。

标新立异的开场简介让台下一片哗然。

"您只需将它安装在随身设备上，例如：手机、腕表或眼镜上。它就会记录佩戴者的语言、语气、声音、位置、心率和血压等等，这些信息就是我们日常生活中的喜怒哀乐、悲欢离合。通过长时间的数据采集，程序就可以分析出佩戴者的思维逻辑、生活状态、性格特征、行事规律等等，这些是什么？这就是一个人的灵魂，灵魂就是思维。这款软件通过日复一日的数据收集，逐渐模拟出一个和佩戴者无限趋近于相同的思维。这样做的目的是什么？就是当佩戴者离世后，这一份思维大数据将开启自学功能，即用佩戴者的思维逻辑继续理解现实中的事物，亲属们可以通过任何信息设备和这份思维，哦不，准确地说，应该是这位灵魂对话。大家想象一下，它的习惯、脾气、说话方式是那么的熟悉，它就是您逝去的亲人，'他或她'将永远陪在您身边，并与时俱进地和您一起生活相处下去！为自己佩戴可以为亲人留一份念想儿，为亲人佩戴可以为自己留一份寄托。为了自己的亲情、爱情和友情，请让'深心'为我们建立一座桥梁，一座生命与情感的桥梁。"

"什么数据收集，其实就是人工智能……"台下交头接耳、议论纷纷，有些人已大概听明白了。

"'深心'的另一个要点就是保密。在佩戴者离世前，没人可以和它对话，其数据库更不会被打开。只有当本尊离世后，直系亲属，或者本尊遗嘱里授权的人才有资格与其对话。下面是问答环节，请大家自由提问。"

人们沉默了半分钟，信息太另类，大家还在消化着刚才的内容。

"如果佩戴者刻意地伪装自己的言行，那数据岂不是也被误导了？"一位区议员问道。

"这是一款长年数据软件，可能跨越人生几十年，如果他能持久地伪装下去，那说明这个'伪装'就是真实的他。"

"我还是不信那所谓的保密。"居民代表们私语着。

"对啊，这样官方想掌控一个人太容易了。"

"隐私全没了。"

"我觉得挺贴心，咱们应该接受新事物。"

"是啊，可以试试，新事物又不是洪水猛兽。"

"对啊，别一提到新科技、人工智能咱们就这么谨小慎微。古时，人类直立行走，把手解放出来，让手有了其他的使命；现在，科技把我们整个人解放出来，时代会给我们其他任务的。"

人们没有继续提问，只是低头讨论，大都摇摆在犹豫和好奇的矛盾中，或许多听听周围的声音能让自己更不容易"吃亏"。琳娜看到这些，心里踏实了许多，不怕有疑问，疑问正是建立信任的突破口。

"我反对！"一个洪亮的声音让会场静了下来，所有人的目光都转投过去。

后排，一个高大的身影站了起来，他是冉宾，居民代表之一。琳娜听说过此人，在议会的提案中经常可以看到他的名字。

"伦理！是这里最大的问题。"冉宾说。

她远远地望着这个男人。

"生命之所以为生命是因为生老病死，有了这个循环我们才会有情感，才会珍惜现在，这就是人和机器的本质区别。而你们这款软件看似为了情感的寄托，实际是在模糊物种边界。各位，请大家想一想，"冉宾环视了一下会场，"如果有了这款软件，当你老去之后，病榻前的儿女是否还会尽心尽力地争取彼此间多些时日的陪伴？如果有了这款软件，你我还会不会积极地对待情感，小心地守护着一个叫'爱'的东西？如果这款软件得以普及，我们是否还会把时间视为最平等的生存法则，以至于眼前的生活将会产生怎样的颠覆？如果这款软件得以普及，它还会衍生出多少同类产品？是否有一天，一个活着的我也会遇见另一个活着的'我'？到时我们还能不能确定我的身份就是我自己？我们今天为什么能坐在这里看着彼此、聆听信息、呼吸空气、感受情绪？因为我们有灵魂，一个真正人类的灵魂！"

会场鸦雀无声，这是比沉默更无声的静。短短的几句话，好像信息量不大，却又让人们陷入思考，连台上的讲解员都仿佛被速冻了一样。

突然，几秒后：

"没错，这个伦理问题还需要进一步论证。"一位塔伦区议员喊道。

"有道理。我们不需要变成机器,灵魂更不能变成机器!"有人附和道。

"不懂得'珍惜',还谈什么生命价值?"

"对,这里是塔伦区。"

"我们要做纯粹的人!"

"我们是塔伦人!"

"滚!"

"干点儿正事儿吧,别拿死亡忽悠我们。"

"让他们先死一个给咱们看看!"

……

一个声音带动一个声音,一个观点好像点醒了一众人。台下由一片嘈杂变成了异口同声地喊着"不需要!"。就连直播上的互动弹幕都被越来越多的反对声所覆盖。

"不是你们想的那样……"讲解员试图解释,汗珠已顺着鬓角流下,可他的声音完全被湮没在了一片抗议与谩骂声中,甚至有人吹着口哨敲着座椅嘲讽挑衅。琳娜团队的人面面相觑,尴尬中难掩惶恐。会场的安保警察也进入了应急状态,没人预料到"反对声"会转变成"怒火"。

"请大家冷静。"冉宾喊道,会场如同消音一般,瞬间静了下来。"我们只有一个要求:尊重生命,感受生命!"

"对,感受生命!"众人齐喊道,所有镜头又聚集在了冉宾身上,"让科技去做它该做的事!"

"滚!"

"滚!"

"滚！"众人附和喊道。连直播弹幕都不约而同地被"滚！"字刷屏。

"感受生命？"琳娜警觉起来，又是这句，和那个网站上的宣传语一样。她好奇地看着这个男人，他到底是谁？

第三章　月牙港

发布会不欢而散，在警察的严密护送下，琳娜团队安全撤离了会场，由侧门乘车离开。场外更是聚集了大量市民围观起哄，这本不是什么大事，人们来此好像更是为了来看曼克人的窘态。

坐在车里，团队里的人无不垂头丧气，大家不明白，一个空洞的"伦理问题"怎么会引起那么大的反响，难道塔伦居民的思维已经保守僵化到这个地步了？

"不，这只是个借口，他们还是不相信'深心'的保密机制，其实就是不相信官方。"琳娜说。

"还有那个冉宾，连个区议员都不是，整天就知道出风头。"一位工作人员说。

"冉宾才是关键，其实那些土货什么都不懂；就是因为冉宾说话了，他们才会无脑地挺，无条件地支持。"

"没听说吗？在塔伦区，他的威望比议员还高。"

琳娜听着同事们议论着冉宾，心里开始好奇起那月牙港的出海派对。

月牙港是曼塔城最大的渔港，位于西北角的海湾内，面向太平洋。曾经这里被数百条各类渔船占据，无论昼夜总是熙熙攘攘，即使在休渔期，一些远洋船队也不会停歇。可随着人工智能的普及，越来越多的渔民失了业，取而代之的是一艘艘无人船。粗壮的机械手臂，精准的离子渔网，没有了舰桥甚至甲板，除了流线型的设计外，其他部位和传统的船型大相径庭。工作时机械臂多方位展开，活像一只只蜘蛛在海面上张牙舞爪，与其说是渔船，人们更习惯统称其为"机械子嗣"。

7月25日晚，琳娜来到月牙港，这里早已一片欢腾，弧形的渔港张灯结彩，人头攒动。音乐、啤酒、篝火、烤肉，把这里营造成了一场大派对，这就是渔民们标志性的出海派对，以前每年都有十几场，可是这些年随着渔港的没落再鲜有人组织。

琳娜走在人群中，手里端着啤酒，欣赏着身边的热舞，每处篝火旁的烤架上，两条巨型龙脊鱼被并排吊挂缓缓转动，淡淡的油香飘散在空气中。她好奇地看着这一切，却又有些无措，火热的气氛仿佛有一种魔力在引诱着她参与其中，可心理上又感觉格格不入，她的生活和眼前的一切好像是两个世界。

"女士们，先生们，明天的此时，你或你身边的人可能已在大海中漂泊；他们是勇敢的，因为他们为了梦想而远航，他们是幸福的，因为他们的皮肤可以感受到大自然溅起的浪花，这就是生命，这就是活着的意义，让我们举杯，为我们的勇士饯行！"舞台上一个洪亮的声音，台下众人举杯："感受生命！"啤酒被一饮而尽，那高大的身影跃下舞台，撬开一瓶"短炮香槟"，"砰"的一声，酒水射洒在龙脊鱼表皮上，一阵浓香焦味扑鼻而来。

"是时候了！"他喊道。

"耶！"人们一片沸腾。

几个壮汉将鱼抬下，厨师们振臂挥刀，焰火升空，出海派对正式开始了。

又是冉宾，琳娜一眼便认出了他，只是短暂的出场，其超高的人气显露无遗，台上可一呼百应，台下可融入民众之中；果然正如同事们所说，他在塔伦区就是明星般的存在。

"我认得你，我们的大美女议员。"

正当琳娜望着夜空中的焰火时，一个陌生的声音出现在耳边。

"你是？"她转过头来，望着眼前的略显清秀的男人。

"哲，很高兴认识你。"男人主动地伸出手。

"我们见过？"琳娜只是礼貌地微笑回应。

"没错，那时你在台上，我在台下，就像刚才那样。"哲俏皮地一笑。

"哦，运气不错，我很少'走秀'的。"

"哈哈，这就是缘分。"哲主动碰了一下杯子。

琳娜叹了口气，难得遇见这么老土的搭讪了。

"第一次来？"

她点点头："出海一次需要多久？"

"两周吧，或者永远。"哲说。

"非要冒这么大的风险吗？"

"就好比极限运动一样，享受过程中的刺激与起伏是每个人的权利，无论结局如何，都体现了自身的价值。"

厨师们已经片好了鱼肉，人们一拥而上，没人排队，随意得略显粗野。琳娜也试探着走近人群，却有些局促。

"快点儿啊，再不抢就没了。"没等她反应，哲便抓住她的手挤进人群，身边壮汉、美女、孩子开心地不分彼此，跟随着人潮向前涌动，每人都兴奋地捧着杯子。

"孩子，想要哪个部位？"一位白胡子厨师对琳娜说。

她一时语塞，经常去网购这种鱼，由于身躯庞大，店家都是分块售卖，感觉所有的肉都是一样的。哪里还分部位？她看了看哲。

"背鳍外侧的，谢谢。"哲说。

厨师选好两块放进琳娜的啤酒杯中，落杯的瞬间，鱼肉泛起一阵气泡，由白色变成了半透明，好像浮动的翡翠。琳娜品尝了一下，丝滑的鱼肉，附着啤酒的麦芽香，鲜嫩爽口。

"口感怎样？"

"不错，从没试过这种吃法。"

"我说呢，你小子跑哪里去了，原来是这样啊。"这时，有两个男人和哲打着招呼。

其中一个竟是冉宾，他们居然是朋友。琳娜略感吃惊，这是她第一次近距离地和他站在一起。瘦长的脸型，高挺的鼻梁，深邃的眉骨让那双蓝色的眼睛仿佛有了棱角，下颚有一层淡淡的络腮胡印记，颇有男人味的脸庞上并没有太多的霸气，但有一股坚毅显现在眉宇间；最奇怪的是他那颈部侧面的一条食指长短的伤疤，什么情况能在那种致命处留疤？看着面前这个高大的男人，其神秘感反而更加强烈。

"你好。"冉宾向琳娜微微点头。

微扬的嘴角仿佛含着笑，柔和的目光附着暖意，和台上那个气宇轩昂的他判若两人。大部分时间里只是哲在侃侃而谈，冉宾的回应简短且平和，巨大的反差感让琳娜的好奇心倍增。

"冒昧地问一句，我的脸上有什么问题吗？"冉宾微笑着转向琳娜。

瞬间，琳娜的脸上写满了尴尬，这才发现自己的视线一直没离开过那个男人的脸庞。

"好奇。"她避开了他的目光，她知道，超过三秒，那深邃的眼神会让人迷幻。

"我也好奇。"冉宾说。

"好奇一个曼克人怎么会对这里感兴趣？"琳娜说。

"好奇为什么现在还有这样传统的派对？"冉宾接道。

两个人相视一笑。

海浪一遍遍拍打着岸边，松软的沙滩还留有阳光的余热，他们看着码头上的欢腾与喧闹……

"因为证明我们还活着。"

"什么意思？"琳娜问。

"看到那些壮汉了吗？"冉宾指着狂欢的人群。"人们尊称他们为'卡德'，是'勇者'的意思，只有捕捞龙脊鱼的渔民才配得上此称号。这是个危险的活动，鱼体巨大壮硕，性情凶残，捕捞环境恶劣，每年都有'卡德'伤亡。即使这样，仍会有众多勇者冲向深海，这已然成了一个传统，一份荣耀。"

"卡德。"琳娜重复了一下。

他猛灌了两口啤酒，望向漆黑的海面："可是，这些年来，智能机械普及，大型渔业公司都已使用智能船进行无人作业。一艘智能船的效率能抵五到八艘人工渔船，而且结实耐用，甚至不怕倾覆。现在，正如我们看到的那样，传统的渔船被迅速淘汰了，很多卡德也就成了失业者，领着保障金，过着无所事事的生活，时间久了，再也没了当年的意志。这和行尸走肉有什么区别？作为一个生命体，其存在的意义又是什么？所以，我们又把卡德们召集了起来，重新开启了传统渔船，重新感受生命。"

"只是为了精神的满足而去选择让肉体去冒险？"

"生命的意义就是感受每一秒钟的喜与悲、乐与痛，而人工智能给人类带来的麻木终有一天会让眼泪和伤痛都变为奢侈。"

此时，码头上传来悦耳的萨克斯协奏曲，卡德们褪去上衣，露出厚实的臂膀，并排站在众人中央。伴随着乐曲，他们仰望星空，或是喃喃自语，或是抚胸沉默，祈祷着明天的旅程。仪式完毕，家人和朋友们走上前去，和他们相拥在一起，送上祝福和道别……

琳娜发现卡德们的后背左侧都有一块图案，面积不大，像是文身，虽样式各有不同，但位置一致。

"那是文身吗？"

"不，那是一种身份。"

琳娜不解。

"下周的这个时间来枫叶广场，你就知道答案了。"冉宾说。

第四章 伦理的灌输

"一个处于原始心理阶段的群体。"琳娜在工作日志上写道,这是她对月牙港派对之行的结论。"他们在刻意地逆行,和时间逆行、和科学逆行、和躯体逆行,直至回归到所谓的'唯生命'境界。这不是一两天或一两次活动而出现的心理冲动,采集器的数据显示,多数人的'特征值'一直处于低正值区间,这表明他们的心理波动不大,一切更像是'正面的惯性行为'。我不得不承认,他们的逆行已经走得很远,也许起因有很多,但主观意识才是核心要素。以现场为样本,这个群体的年龄大约分布在三十至五十岁之间,他们都经历过曼塔城几次重大的秩序变革。变革时期的左与右是心理无法回避的抉择,况且还有利益因素掺杂其中;但是主观意识可以如此地执拗且统一,其背后一定有个强大的价值观导向,冉宾?"

琳娜没有再往下写,一切只是推理,唯一的数据支撑来自于那台藏在身上的采集器,这实在太过单薄。不过,事实就是事实,她记得父亲曾说的一句话:"坏掉的部分要尽快切除,空白的部分要尽快介入。"

又到了曼塔城半年一次的"未来伦理教育节",由各个学校组织授课,所有八岁至十六岁的孩子都必须在监护人的陪同下参加。虽说是强制授课,但孩子们都非常兴奋,因为每到这个时间,官方总会展示出一些新奇的事物。这看起来就好像是一场新品发布会,不只是孩子,就连成人都会翘首以盼。

琳娜选择了一所中等规模的学校进行旁听,整间校礼堂里座无虚席,连边缘的通道里都站满了围观的教职员工,可惜的是还有大批学生因为落选只能在各自的教室里和家长们一起观看视频直播。

"……我们的地球一直在被消耗的过程中,消耗之后是什么?"讲师停顿了一下,"对!是消亡!"洪亮的声音贯彻全场。

"在这里,我要讲的不是什么保护环境,降低污染,这些并不是标本兼治的办法,真正的核心问题是什么?物种!就是物种!下面,有请我们的'贝克小姐'!"

"哇!"礼堂内一片沸腾,期许的目光、激动的神情在一张张可爱呆萌的小脸上洋溢着,孩子们知道那"未知的巧克力"即将要被揭开神秘的面纱。此时,每张桌面对折打开,从里面缓缓升起来一个精致的餐盘:一份香气扑鼻的牛排和一副整齐摆放的餐具。

"孩子们,请品尝一下美味的苏拉河谷牛排。"

"哇!好香啊!"孩子们异口同声,整间教室满是清脆的刀叉声。把肉块放进嘴里的瞬间,小家伙们无一例外的一脸兴奋,好像完全被这出乎意料的美味惊住了。嫩滑的口感,恰到好处的味道,这甚至是一份远超牛排的惊喜。即使有的孩子不爱吃牛排,犹豫着是否要品尝,但看到身边小伙伴一副津津有味的吃相,也都好奇地拿起刀叉。

"口味如何啊?亲爱的孩子们!"讲师问。

"太棒了!好吃!"各种赞叹声不绝于耳。

"不好意思，孩子们，我给大家开了一个小小的玩笑，刚才你们吃的并不是真正的牛排，而是人工合成材料。"

孩子们似乎没有太多的惊讶，他们并不懂这个名词的意思，况且完美的口感早已让大脑沉迷。然而，好奇更多地写在了家长们的脸上。对他们来说，这貌似曾经听到过的合成肉。众所周知，那东西虽不是新鲜事物，但因为味道和营养的短板，始终不被市场认可。

"这是由我们的人工智能通过精确的算法而合成的，其中的成分没有一丁点儿是来自于真正的肉类，而是以人类口感为标准的纤维合成物，另外，也就是最重要的一点，根据在座每位孩子的饮食和营养大数据，每一块'肉'都能给予不同的他们精准的味蕾刺激，并配有他们各自所需的最完善的营养组合。这样的美食不但健康，还能让我们每嚼一口都能产生最棒的享受感。"

此时，全场灯光渐暗，光影源亮起，全息投影勾勒出的3D影像显示着合成肉的生产线：蒸馏压缩、纤维提取、组织合成，全部过程高效严谨，无人工参与，仿佛一部科幻大片。视觉上的冲击与震撼让人们时而目瞪口呆，时而低头议论。

"这就是物种的进化！传统的畜牧业是地球污染源之一，为了环境，只有进化他们才能从根本上解决问题。那些仅局限于现在的躯体上的进化都是狭义的！那么，孩子们！请大声告诉我！怎样才能做到真正的进化？"

"净源！"孩子们齐声喊道。

"很好！很多资源消耗型物种都应该被净源，从物种的源点上清理，革新！为了地球的发展、社会的进步，我们人类也不例外，进化是唯一的未来抉择！那么谁是人类的进化体？请大声告诉我！"

"AI-CO！AI-CO！AI-CO！"孩子们又齐声唱到，"AI-CO给地

球未来，AI-CO还人类自由，AI-CO是我们的守护者，AI-CO是我们的急先锋；AI-CO爱我们，她让我们的人生由此翱翔，我们爱AI-CO，我们是她奏鸣的美妙乐章。"

……

这些尴尬的"定义公式"似的颂歌早已被孩子们烂熟于心。日复一日、年复一年，无论是教育节还是日常上课，"进化"和"AI-CO"作为关键词是无人不晓、无处不在，它们是当今教育理念的核心。

什么是AI-CO？

这是人工智能的名字。在广阔的曼塔城，从2000年到今天，这种科技已经从最初的科幻概念真实地发展为无处不在的普及型角色。大到空间科研小到一杯咖啡，其背后无不和人工智能有关，虽然每个领域的人工智能系统各不相同，但市政厅给了她们一个统称："AI-CO"。这个发音有点儿童话系的名字给人一种亲切感，而且，其在生活中的点点滴滴确实总会让人感受到她们的温暖。比如现在，琳娜的腕表上显示：

"AI-CO：娜娜，您的咖啡凉了，最近肠胃不好，要注意哦。"

她看了看手边的咖啡杯，这时那位讲师走了过来："老师，我刚才的演讲怎么样？请指教。"说完，神情略带紧张。

"还可以，但忘了讲'爱心日记'那段。"

"哦，对……对不起，我的失误，我……确实漏掉了。"

"你可以休息了，其他场次由三组接替。"

讲师恍惚地钉在原地。

其实琳娜并没有太专注于刚才的演讲，现在她的思维里全是"冉宾"。她打开手机，数据库里显示着多份冉宾的资料："塔伦公益基金理事；曼塔柯森云计算集团董事；塔伦儿童辅助计划成员……"

头衔职位特别多，相互间看不出行业的关联性，虽然都是有知名度的组织，但身处的职位却不露锋芒。点开相关组织的资料，全是上百页的内容和数据，但直觉告诉她再继续查下去也是浪费时间，就像最初在网页上搜到的关于冉宾的新闻一样，这只是他的明面而已……

演讲散场了，大量蝇量级监控无人机悄无声息地飞临校园上空。后台监控屏里的人流量骤增了起来，与此同时，声音采集器里也嘈杂起来。琳娜指示工作人员多角度旋转监控镜头，并且过滤识别有效语句。高清显示下，孩子们的表情都很兴奋，这在意料之中；但是家长们反应不一，有的点头称赞，有的无奈叹气；走出学校，有的人转向南面，有的人走向北面……

这就是曼克塔伦城。

十多年前，位于南边的曼克区是这座城市的工业区，这里汇集了各行各业的劳动力、工厂和企业，整个曼塔城超过九成的产值出自于此。同时，与高产能相随的是恶劣的环境，水污染、土壤污染、空气污染早已成了曼克区的标签。

与之形成巨大反差的是北边的塔伦区。那时大部分市民居住在此，这里的污染很少，生活区、商圈、公园等等一应俱全，一切城市规划和设施都是为了宜居。超过百分之五十的城市植被像是把一个个家庭包裹在绿色的氧吧中；北部的苏拉山脉间形成的风口和温和的海洋气旋交相辉映，形成了代谢废气的天然循环；再加上全年十五至二十八摄氏度的宜人气候，这里简直就是大自然对人类的馈赠。那些年里，人们散步在塔伦区顶楼的花园，曾把一边看着曼克区的雾霾，一边享受着海风清香视为一种特有的时尚。

曼克与塔伦南北分庭，但功能互补，人们早已习惯了工作在曼克，休息在塔伦的生活节奏。这就像一个高速循环的生命体，人流车流像血液一般，规律而有效地出现在适当的位置，保持着整座曼塔城的活力。

然而，人工智能的发展与普及彻底改变了这一切。

传统的生产模式被颠覆是人工智能划时代的标志。智能流水线、环保能源、新合成材料等等，让曼塔城急速变天。曾经的血汗工厂不见了、雾霾消失了、入海口清澈了，取而代之的是一座座无人生产网、无人公司、云写字楼、多维公寓、智慧医院……大量超时代的产物拔地而起，一个崭新的曼克区诞生了。这一切都要归功于人工智能，她们就像一个超级大脑群，利用光速级的运算和指数级的进化学习能力把理论转换为现实的时间缩短在"一秒以内"，为这个世界的发展提供了前所未有的加速度。

但是，在这个加速度中首先被抛弃的是传统人工。短短几年内，清盘式的失业潮席卷整座曼塔城。上到科研人员、高管，下到基层工作者，无论身处哪个社会阶层都难逃失业的"洗礼"。总体来看，失业率和脑力工作含金量成反比，因此基层劳动力成了最大的被清洗对象。"高效率、低成本、低空间、低耗能"，这些曾经的口号和理念，现在竟让人感到恐慌，因为每个字的背后都是以"人"作为牺牲品。

失业潮像是一台过滤器，没被淘汰的人自然归类于精英阶层。他们要么有人工智能无可替代的特长，要么有一定的权力或财力作为科技发展的坚实后盾，并从此扎根于全新的曼克区。而其余的大部分人则回到了塔伦区的家里，也许再也没有了步入曼克区的理由。虽然曼塔城还是那座曼塔城，虽然曼克区和塔伦区之间并没有城墙，但久而久之，阶层的壁垒已经深深地筑在了市民的心里。

"'中产阶层被打回原形，青年群体没有上升通道'是这个社会的隐藏炸弹……""净源就是淘汰，灭种，阉割……"琳娜读着冉宾在社交网络上发的内容，这是一篇分析曼塔低保人群的文章，句句见血，直击要害，单是看看右下角的转发量就知其产生了多大共鸣。像这样的文章在他的账号下还有很多，转发量都很大。在琳娜看来，其核心理念无不是"为了人类而怎样怎样"的狭义保守价值观。可虽然理念守旧，她还是感到不安，结合这两次冉宾在众人面前的气场，琳娜发现了这个男人的一个重要的特征："煽动性"。他不但能得到特定人群的支持，而且还有引发"共鸣"的能力。难道，他真是众人心中所谓的引导者……

第五章 现实中的虚拟你我

枫叶广场位于塔伦区东部，是一座等同于三十层楼高的圆柱体建筑。单层面积可以媲美足球场，这里是大型活动和演唱会的首选之地，更曾是名噪一时的复式竞技场。"综合格斗""机械搏击""人机搏击""兽机搏击""多体群搏"等项目无一不让人感到血脉偾张，疯狂刺激的对抗场面远胜于其他竞技类体育。可以说，在那个"人工智能"还是个新鲜事物的年代里，智能机器更像是人类的玩具、宠物或者奴隶，取乐和消遣是其主要的市场定位。那时的枫叶广场更像是现代的罗马斗兽场，每逢周末，这里传出的每一声嘶吼与欢呼都源自肉体本能的兽性和肾上腺素的飙升。

虽然人气爆棚，但是此运动并没能持续很久。八年前，曼塔市政厅以"场面太过血腥暴力和误导市民价值观"为由，彻底将其封停。至此，枫叶广场再也没了昔日的风采，即使市民们怨声载道、组委会修改规则也无力回天，因为他们并不知道这条禁令背后的主因："人工智能的严肃化进程"。这是上届领导层推行的一项政策，其目的是要在这个以人类为主角的社会伦理体系中，为人工智能谋得一席之地。此后没过多久，"她们"被曼塔官方正式命名为"AI-CO"。

现在，远远望着那座雄伟的建筑，琳娜还清晰地记得当年"AI-CO伦理论证会"的场景。那是在议会大厦的"穹顶大厅"，议员们争论不休，他们都是各个行业的精英，从各个角度分析论证AI-CO的伦理定位。"进化""净源""基因""灭种"……这些关键词贯穿于整场会议，不绝于耳。其中有些词已经成了当今的流行语，而有些词则因为过于敏感被禁用。那时的琳娜还只是个在校实习生……

"亲爱的，您已抵达枫叶广场。"AI-CO说着把车停在路边，"此处交通拥堵，离开时请您提前十分钟告诉我。"

没想到这种市郊区域还会堵车，更没想到的是这些车流都是奔这里而来的。站在这巨型建筑前，琳娜不敢相信眼前的情景，外围广场上门庭若市，人潮涌动。大楼的三十多个入口全部开放，人们簇拥却有序地排队进场，好像曾经的赛前观众入场一样。八年过去了，没想到这里又恢复了生机。到底是什么能有这么大的吸引力？

琳娜愈发的好奇，整座建筑没有任何宣传广告，入口处灯光昏暗，但人们无不面带喜悦。

"这是什么活动？"她忍不住问旁边的人。

"说不清。"一位中年妇女微笑着答道。

入场不需要证件和门票，人们乘坐升降电梯进入，和以往观看比赛不同的是，这部电梯是通往地下的。电梯里很暗，同乘的大概七至八人，相互间看不清彼此，几秒过后，它停在了地下二十层。

"请享受心跳吧！"电梯门打开的同时传来一声柔和的电音。可奇怪的是眼前的一切更暗，除了几条色彩绚丽的光影线，能看到的只有身边人模糊的身影。通过这些光影线勾勒出的轮廓不难判断，他们进入了一个面积不大的圆形空间内，那些光影线正是空间边缘的装饰。这时，在圆形地面的边缘处显示出一圈空格。

"请站进来，戴上眼镜。"又是刚才那个电音。

琳娜和其他人一样各自走进一个格子，站定。此时，身前升起一个高亮的圆柱形平台，上面的封盖自动打开，清澈的液体里放有一副瞳孔眼镜。这种眼镜的外形和隐形眼镜相同，同样的柔软，不同的是其中有众多微小光圈堆叠在一起。

琳娜虽有些犹豫，但为了一探究竟，还是和其他人一样戴上了眼镜，此时耳边又传来了那个电音："请眨三下眼睛，进入我们的领域。"

瞬间，眼前的世界不一样了：复古式吊灯、哥特式墙面、鎏金椭圆落地镜、巴洛克镜前灯……琳娜仿佛置身于豪华的欧洲皇室化妆间中，只是镜中的那位美女……很显然她不是真实的自己。镜子的右侧悬浮着一排按钮，她随意点着，镜中的自己随着"外型设置"的选项变换着"高矮、胖瘦、脸型、发型、肤色、服装"，像是虚拟游戏。琳娜好奇地伸手摸了一下镜前灯，她确实触碰到了真实的障碍物，只是并不如视觉里的纹理那般精致。

好像明白了，她戴的是一副VR瞳孔眼镜，它内部的光圈是虚拟成像元件，在这个房间里有大量3D投影源，将多种肉眼无法识别的高频图像投在真实的物体上，最终由眼镜接收；另外它还可以识别肢体动作，因此人们在不佩戴触控设备的情况下便可用肢体操作，而且还不会有触空和踏空的可能。这次她选中了"T台秀"，化妆间立即由"皇室"变成了"秀场"，那对镜前灯还在原位置，但是变成了时尚范儿。

"这和平时玩的VR游戏完全不同。"琳娜心想，然后她偷偷转身看了看其他人。果然，男士们各个高大挺拔，女士们各个S曲线贴身，单是背身就已足够性感……

"虚拟成像真的是可以为所欲为。"琳娜暗自赞叹。随即，她看着镜子里的"自己"，需要把腰部调细一点儿吗？需要把胸部调大一点儿吗？还是需要把脸型变得更小、眼睛变得更大一点儿？不。她点了一下"初始外形"，自信地欣赏着镜中真实的自己，"也许别人需要'整形'，但我不需要。"看着琳琅满目的服饰，她选了一套低调的黑色修身套裙，因为今晚不是成为焦点的时候。此时，圆形空间的门开了，琳娜跟随其他人走了进去，一瞬间，她被眼前的场景惊呆了……

一片碧蓝的海底世界，广阔且错落有致。晶莹的水泡与水纹在身边浮动，五彩的鱼群在面前穿梭，珊瑚群围成的吧台和舞池，远处的海底沉船包厢内觥筹交错……梦幻的视觉让人每走一步都好像在漂浮。琳娜又好奇地伸手摸了一下面前游过的海豚，手指与其接触的一刹那泛起一圈光晕并穿其而过。

现在"海底"的人已经很多了，同时每个"珊瑚洞口"和"漩涡"处还不停地有人入场，人们在劲爆的音乐中舞动、聊天、举杯、暧昧，帅男美女比比皆是，忘我地释放、火辣地互动。琳娜自嘲，原来自己多虑了，就算把自己调成明星都不见得会成为焦点。说到明星，在这里真不稀奇，《风》的男主角：克拉克；时光乐队的主唱：华；《复仇》的女二号：斯佳；《浪漫》的女主角：奥黛丽……琳娜看得入了神。

"喜欢的话可以去搭讪。"

身边传来一个声音，琳娜转身，眼前是一位很帅气的男士，深褐色的头发、高挺的鼻梁、深邃的眼睛、棱角分明的下颚……型男的标准形象。她礼貌地向其微笑了一下："看当红的像在追剧，看经典的像在穿越。"

"有的人是在致敬偶像，有的人只是在图方便，套用了明星套装，不过有的人确实是明星本尊。"

"本尊？"琳娜瞪大了眼睛，"这你都能看得出来？"

男士笑了笑，自信中带着一点儿邪魅："比如……你。"

"啊？"琳娜不好意思地避开了他的视线。

"女士们先生们！这不是VR游戏，而是让您真切地感受每一寸感官，请尽情地享受这个感官世界吧！感受一下今晚的多次元主题吧！"随着一声纵贯全场的声音，这个海底世界变成了……熔岩地心、上古森林、极地冰川、空间站、天堂净土、血管脉络、微观量子世界……几秒一次的世界模式切换引起场内一阵阵的赞叹与惊呼。

"通过外圈的'次元通道'就可以到达您神往的世界。"随着多个通道的指示灯亮起后，这里又变回了海底世界。

"不同楼层有不同的主题？"琳娜问。

"是的。"

"这样的效果得需要多少资金维持？而且入场还不需要付钱，想不明白这样烧钱的意义是什么。"她有点儿想不通。

"它是可以产生经济价值的。"男士说着带她走到一簇珊瑚旁，在其凹陷处取出一个纽扣一样的装置，"把它贴在你的后心处就全明白了。"

"后心？"琳娜有些迟疑，她不知道这是什么装置，但想到了上次在港口看到的卡德们后背左侧的图案。

"它叫'心率a云端'，这里几乎每个人都在用，它会让你完全融入进这个眼前的世界中，如果不喜欢，可以随时摘掉。"

"哦。"虽然还是略带迟疑，"后心……在……"她试着把手弯向背部。

"需要我帮忙吗？"

"哦，不好意思。"琳娜尴尬地点了点头。

黑色套裙只是她的虚拟服饰，男士的手在其左肩内测触碰到了V字领口边缘。

"这个装置……需要贴在皮肤上……"

琳娜犹豫了一下，反手把后背的拉链稍稍解开一段。男士试探着衣服的轮廓，然后顺着她那嫩滑的肌肤移到左侧，似乎触碰到了什么，内衣……他没再说话，而是轻柔地勾起那细窄的背带，琳娜的身体微微一颤，此时他已经轻轻地把装置贴压在内衣内侧。

突然，琳娜的VR视界右下方出现了一条提示：

"你已获得两铄卡。"

"铄卡是什么？"她问。

"数字货币，可以用来购买任何现实中的物品。"男士答道。

"可我为什么可以得到两个？我好像并没有做什么。"琳娜不明白。

"是这个云端装置根据你的心率a值产生的。"

"心率a？什么意思？"

"它是人的瞬间心率波动数据。你知道，在我们兴奋的瞬间，脑内会产生一种物质：多巴胺。它在我们体内最直观的反应都会表现在心率a上，这个值里包括心率、血压、心指数、负荷值等数据；云端会感应并计算出它的阈值、加速度等一系列综合曲线，从而判断出佩戴者的兴奋度，然后以此为依据奖励给佩戴者相应数量的铄卡币。简单地说，就是通过'心跳'判断'情绪'，然后把'情绪'转化为'经济'。"

"那……我刚才的瞬间心率……"琳娜想了想。

男士坏笑了一下，琳娜的脸"唰"的红了起来，这时VR里又显示产生了一铄卡。她赶紧做了几次深呼吸让自己平静下来，并尽量不和男士对视，免得更加尴尬。

"使用药物和毒品也可以产生多巴胺，这不是变相地鼓励嗑药吗？"

"这就是心率a的关键所在，人体通过物理刺激和化学刺激产生多巴胺的效率有很大区别。物理刺激的效率较高，也就是说多巴胺量会在极短的时间内激增，同时也会快速消退；而化学刺激的效率较低，但是效果更持久，峰值的上限也更高。"

"物理刺激就是外界刺激？比如运动、成就、性或者任何让人愉悦的事？"

"没错。"男士点了点头，"而化学刺激就是药物和毒品刺激。心率a就是一个把物理和化学刺激区分开来的判定值，凡是来自于化学刺激的反应，它都会将其排除在奖励机制以外，不会产生任何铄卡币。"

"所以这个装置就是鼓励人们追求物理刺激，对吧？"琳娜大概懂了。

"不只是这个装置，而是整个网络。"男士指着眼前的人群，"每个人的数据都互联在一起并相互承认，每个人都是这个网络的核心。"

物理刺激……的确，这里的每个人都在寻求或享受着这种感觉。在迷幻的灯光下，白嫩的小蛮腰跟随着音乐的节奏如水蛇般舞动，男人们不安分的双手猎控尤物般地将其握住，时而在腰与臀的曲线上游走，时而向三角区揽靠；在美酒的微醺下，美女们早已沉浸在热吻的激情中，与此同时，在沉船包厢里、熔岩洞中、冰川崖壁旁……那一个个疯狂冲刺的身影在交合的扭动中，恨不得把那个她或他揉碎在自己的怀里，野性与撕裂的呻吟声像催情药一样，穿过音乐的阻隔在空气中弥漫着……这是一个完全不同于地上世界的世界，外面的平静与秩序和这里的狂野与自由形成了鲜明的对比。

"可眼前的一切都是虚幻的。"琳娜叹气道。

"虚幻可以打破现实中的不平等。"男士说,"人类的不平等不只反应在金钱与地位上,还有一个很重要的东西:社交权。除了物质以外,能影响它的还有很多先天的不平等因素:相貌、健康、年龄等等。在这个世界上,个体之间的社交权越趋于平等的物种,其生存的历史也就越长,比如一些次级……"

"比如……"她接过来话,"微生物。"

"没错,最极限的例子就是微生物,它们在地球上存在了三十亿年,远超过高级生物。其实,高级生物大脑里的等级意识是一个自毁型基因,正是这个基因阻碍了它们繁衍的持续性,因此次级生物得到了上位的可能,这是自然界里的公平循环。"

琳娜对遗传学了解很多,当然了解这类的物竞天择理论,但从没想到眼前这个类似VR游戏一样的事物竟还有如此厚实的理论基础,这更加勾起了她的好奇心。两杯鸡尾酒过后,初来的拘谨已消失大半,她看着周围俊男靓女们的亲昵互动,似乎也不再觉得难为情,自己好像逐渐融入进了这个虚拟的世界中。

"常来这里的人会不会上瘾?"

"也许吧,感官会上瘾。"男士说,"我们的眼睛可以被骗,但视觉是真实的,这就是感官。"

"就好像很多运动员在跑动的间隙拿起瓶子喝水,但不会真的下咽,而是漱完口后吐出来。因为瞬间的感官刺激可以让大脑感到愉悦,提高精神,又不会引起腹胀增加运动负担。这就是在欺骗大脑,骗取多巴胺的分泌。"琳娜说。

"你能告诉我哪些器官可以欺骗大脑吗?"

"主外界信息器官都可以做到,比如:眼睛、鼻子、耳朵。"

"对。"男士的目光里充满了赞许,"但触觉呢?比如双手。"

"我猜……它的欺骗能力有限吧,因为它的反射时间是五感中最短的,那种多巴胺信号的释放速度就像电流一样,情侣之间来电的感觉可能就是这类的吧。"

"我不信。"男士说着伸出手来,"试试?"

"少来,我喜欢听你的理论,继续。"琳娜调皮地笑了笑。

"遵命。"男士的VR里也产生了一铄卡,"那我继续了:感官的反应就是生命的体征,生物对官能的追求是天性,官能的强烈意味着生命的活力。"

"所以这也是'感受生命'的一种,对吧?"

他点了点头,眼前这个女生着实让人赞叹。

"社交权的平等可以催化出感官权的平等。"他环视了一下周围的人群,"这里的大部分人来自于社会底层,都是社保群体,在此时此地他们享受到了上层社会的官能体验,这在以前任何社会里都是不可能存在的。曾经,只有上层人士才能享受到最好的官能体验,比如:性体验,他们可以真实地与高质量的伴侣在高品质的环境中,让自己从精神到生理全方位地获取官能反应。而下层人士只能通过情色资料,由思维刺激出局部的官能反应,这就是生命质量的差距。时间久了,上层人士在高质量的官能循环中不断地寻求更好的体验,而下层人士被物质实力所限制,随着新鲜感的褪去,他们没有能力去追逐更好的体验,官能反应逐渐变得索然无味,以至于精神和生理逐渐失去活力。虽然同属人类,但各方面的差距如同天壤。因此仇视、怨气、对抗也就在阶层中产生了,虽然表面上看,阶层矛盾总是由某些具体事件所致,但其根本原因都是生命体本能的不公。性只是一个方面,和本能相关的比如:食,寝,自由等等都是不公的导火索……"

"可再怎么理想化，也要摘掉眼镜面对现实。"琳娜说。

"不见得，这里不止有感官享受，还能创造真实的经济价值，为什么不能把这里当作现实呢？"

"你是谁？怎么会知道这么多？"她终于忍不住说出了心里最大的疑问。

男士笑了笑，性感的嘴唇微微地靠近琳娜的耳边："不要在这里问任何人的身份，这是人们之间的默认规则，排除一切外界的干扰，享受感官就好。"

她的心跳一阵加速，VR里又提示产生了一铄卡……

距离入场时间已经很久了，仍有很多"帅哥"和"美女"乘兴而来。琳娜没再饮酒，她清楚自己不是来享受的，毕竟这里有太多的疑问需要去解开，她必须靠着清醒与理智让自己和眼前的诱惑保持距离，虽然这里的确魅力十足。

临踏上电梯之际，琳娜摘掉了VR瞳孔眼镜，眼前一片昏暗，能看到的只有无数个3D投影光源点和阴沉灯光下一个个别扭、臃肿的身影……

第六章　另一个世界：塔伦区

"二十六个'约死群'现已被全部封停解散。"这是《25718蓝冰大桥集体自杀案分析报告》里的一句话。琳娜坐在办公室里，看着这份三十多页的文字，那晚的一幕又重现在脑海。距离那个事件已经一个多月了，在诺唯市长的一再催促下，曼塔大学总算是拿出了一个"结果"。纵观全文，大多内容在"压抑、逆反、迷茫"等非量化的关键词句中绕口。明明是一篇分析，却是通篇的空话套话大道理，没有任何数据作为支撑。而通报"约死群"处理情况的那句话，成了全文的唯一的亮点。

"约死群"是一个由人们的社交账号组成的群聊，它和那些"股票群""健身群"等等是一样的形式，只是内容让人大跌眼镜。"如何自杀"或"相约自杀"是这里的主要话题，抑郁者、病重者、贫困者、无知者、厌世者是群里的成员。人们没有抱怨、倾诉，更不会相劝，而是直奔主题："割腕的步骤""有一起走电击的吗""大动脉位置图解""烧炭自杀"……死亡在他们的眼里像吃顿晚餐一样简单。虽然没有大篇幅地宣扬负面信息，但轻描淡写的话语更容易让人迷惑，其作用像催眠一样直击人们的神经中枢。外部的引诱加内心的阴郁，很多迷茫的人更容易被引向绝路，所以这次的封停清理工作毫无争议。

可无论怎样分析"约死群"，琳娜作为这篇报告的参与者很清楚一个事实：这些群与25718事件的死者没任何关系，因为在他们的私人电子设备里没发现任何与之相关的浏览痕迹。但时间紧迫，在公众的舆论压力面前，这些群无疑是最让人信服的交代，所以它们"有幸"背了黑锅。

寻死的人不一定来这种群，群的名字也不一定就叫"约死群"，所以只能从聊天内容上对它们过滤、定性。"二十六""全部"只是彰显官方权威的用词，谁又能知道有多少这样的群还没被发现？又有多少这样的群正在建立中呢？

该交的差已经交完了，可真相并不清楚，难道他们只是因为对现实生活"生无可恋"而放弃了生命？证据呢？直觉告诉琳娜，注意力仍然要在vvvup背后的网络上。

经过这段时间的了解，琳娜得知这种类似于vvvup模式登录的网络简称："暗网"。与之相对应的是"明网"，所谓明网就是我们平时通过搜索引擎或直接输入网址便可以访问的网站，它们就像我们眼前的世界，有好有坏，但一切都在可视范围内。而暗网则是……

"理论上说，只要不是在第一层搜索能看到的网站或信息都属于暗网，除了一些加密网站，所有的后台数据库、群聊、私人空间都属于这个范畴。还有一些暗网因为涉及违法内容，比如：毒品、赌博、人口贩卖等信息，它们也刻意隐藏于世，躲避监管。暗网通常需要第二层乃至更深层的访问方式，包括：密码登录、特殊软硬件访问、特殊IP地址访问……"琳娜的父亲说。"我们的整个网络世界里，明网的占比不超过百分之十，剩下百分之九十以上的都是暗网，就好像海洋里的冰山，露出水面的只是它的一个角。"

"但很多网站并没有违法违规，为什么要让自己'暗'起来？"

"创建独立的生态……"父亲说一句留半句地开始应付起来，没聊多久便匆忙挂断了通话。

"还是老样子。"她很无奈。

这些天里，琳娜经常回味那晚在枫叶广场的情景，海底、音乐、激情……无论是在家还是在外，看看vvvup暗网群，查查自己的铄卡账户成了她平时消磨时间的主要方式。虽然她再没戴过那VR瞳孔眼镜，但显然这一切都在一个共享网络中，只需由眼镜或摄像头对用户的瞳孔做出识别，便可确认唯一的登录身份。

对这个网络的关注源自于对自杀事件的疑惑，但不可否认，自己激增的好奇心现已成了主要原因。况且，在这里找不到什么厌世言论，人们讨论最多的是怎样才可以赚到更多的铄卡币，分享最多的是其中的经验和视频：有的靠运动，有的靠两性，有的靠两性之间的运动。琳娜越看兴致越高，原来"心动"还是需要动物最原始、最本能的方法的。

她摸了摸自己后背上的心率a贴片，又看了看自己的账户里仅有的四枚铄卡币。它们可以做什么？

在庞大的暗网购物网页上，这四枚铄卡可以买到一条牛仔裤或一把初级吉他或一套床上用品。琳娜又打开明网中的购物网站，现实中，这些商品被标价为四十曼元左右的曼塔法定货币。也就是说，铄卡与曼元的汇率约为1∶10。这让人有些意外，当时只是短短的几分钟而已，竟有如此价值的收入。不过转念一想，这是一种非稳定收入，谁又能持续地让心率a得到刺激呢？看着暗网社区里各位达人的经验分享，还是单身一枚的琳娜只能把关注留在了"户外跑步"上，目前这应该是最轻松也是最适合自己的刺激方法了。于是，换好衣服，迎着晚霞，她出发了。

好久没细细地感受曼塔城了，清新的空气、傍晚的余晖、宁静的街道、悠然驶过的车辆、路轨线上逐渐亮起的蓝绿灯光……只是，琳娜轻盈的身影成了这里一道另类的"风景"。曾经的曼克区，曾经的脚下是厂区大道。每天的此时，庞大的人潮从各大工厂里涌出，班车、轻轨、私家车、单车，好像半座城市的交通设施休息了一个白昼后都在此时上紧了发条。但现在……街上的行人竟然成了稀有物种，奔波的过程竟成了人们最惬意的休息时间；一辆辆车在身边经过，匀速且平静，车内的身影或是玩着光影，或是慵懒小憩，或是向她投来诧异的目光……不知不觉，琳娜步入了塔伦区。

一桥之隔，一切完全不同。行人、店铺、摊贩，随处可见，只是车流量好像比曼克区稀疏一些。琳娜慢跑在街区间和公园里，这里有很多跑者，她不再是"另类"。已经跑了近一个小时，后背已经被汗水浸湿，她不时地看看腕表屏幕，网站系统里并没显示有新的铄卡币产生。她觉得有些费解，心率数据已经超出正常值，可收获呢？也许这个方法并不实用。

琳娜实在跑不动了，一小时的时长对于经常运动的她来说也已经到达极限。她拖着沉重的步子慢走了一段，然后坐在草坪上，深深地吸了一口气，一阵草香扑鼻而来。就在此时，腕表响了两声，定睛一看，原来是产生了两枚铄卡币的提示。

"真棒！"坐在不远处休息的一位女士向琳娜竖起大拇指。

她笑着招手回应了一下。现在明白了，心率a的判定标准是那瞬间的多巴胺增量，也就是运动结束时那种让人感到愉悦的满足感，难怪人们都推荐户外运动，毕竟户外的综合刺激因素要比室内健身丰富得多。

不只是跑步，公园里随处可见做运动的人，骑单车、做俯卧撑、打篮球等等，他们挥汗如雨，然而，真正有收获的人并没有几个。心率a不是"运动数据"，更不是统计跑行的步数、消耗的卡路里，行为的重复与愉悦感成反比，人们只好尽可能多地尝试新办法让身体得到新的刺激。为了多赚到一点儿铄卡币，有的人绞尽脑汁，有的人愁眉不展。大家三五成群地交流着，分享着自己的心得。街区大屏幕上登着各式的"铄卡激励"广告："激励讲座""激励产品""激励活动""激励套餐""激励伴侣服务"……好像这里的方方面面都和"铄卡"有关。没想到塔伦区的生活节奏变成了这样，仿佛这里的居民都沉迷在了铄卡的诱惑中。

几分钟过后，琳娜起身，漫步在街头巷尾。此时的她自感惭愧：身为议员，虽不是常驻塔伦区，但也时而造访，此前竟从没留意过这里的"怪异"；反而是通过网络，才发现了其中的"景色"。但也难怪，因为这些"景色"都藏匿在那毫不起眼的过时市貌之下。

混凝土建筑的外墙已经脱皮，路轨上的很多蓝绿灯已被荒废弃用，无人车辆常因穿行的人群走走停停。没有看到一家无人超市，路边的人们在喧嚣中叫卖砍价；前方的路口处，多辆小吃外卖车聚集于此，虽然散发出诱人的烤肉香味，但把街道弄得杂乱且无序。望向半空，物流无人机在这里非常罕见，取而代之的是一个个从身边飞驰而过的物流快递人员。印象中这是小时候眼里的世界……琳娜感叹，这些年市政厅把重心和资金都放在了曼克区的建设上，现在的塔伦区只是在旧时的福利遗产上消耗着。破旧的园林与蔓生的绿化好像是无人问津的弃儿，这正是此地现状的一个缩影。曼克与塔伦，之间相隔的不只是一座大桥，而是一个时代。

穿过67街，街道宽阔了许多，但很多咖啡店的门前桌椅和便利店的水果摊位把人行道的空间据为己有；街边公交站牌下经常可见七零八落的酒瓶；年轻的流浪汉蹲在街角处，享受着薯条与烟蒂带来的满足。琳娜好像逛景区一样看着这里的一切，偶尔还忍不住拿出手机拍几张照片。这时，她无意间看到一叠纸张摆放在一家杂货店的橱窗里，报纸？这就是人文课里讲到的最古老的新闻产品：报纸？一种连她小时候都很少见到的物品。

琳娜试探着拿起一份，头条上赫然写着："本周的五起斗殴事件让我们想起了什么"，再往下看，"一招教你识破虚假激励活动的骗局"……一条条引人入胜的话题，一段段精彩花哨的文字让她不舍得放下。

"老板，拿一份。"

"五铄分，孩子。"

"什么？"琳娜没太懂。

"五铄分。"老板重复道。

"哦。"她明白过来，"我……还是拿钱买吧。"

"钱？曼元？"

"对啊，多少钱？"她说着拿出手机准备支付。

"最好是铄卡币，孩子。"老板用着商量的口吻。

"为什么？用钱不是更好吗？"

"你家住在曼克区吧？"

琳娜点了点头。

"难怪，时代变了，孩子，年轻人要与时俱进啊。"

"我……不太明白您的意思，这里都用铄卡吗？"

"是的。"

"为什么呢？"

"我说不清，但大家都喜欢用，都觉得好用。"老板边说边把一份报纸放进袋子里，"实在没有就拿曼元付吧。"

"哦，没关系，我有。"琳娜打开手机内的暗网页面扫码付了钱，"老板，现在这里又流行读报纸了吗？"

"这是我家自己印的，读报就是图一消遣，跟散步喝咖啡一样。"

自产？的确，琳娜注意到路边很多商店的门前挂着标注"自产"的广告，比如"自产食品""自产家具""自产机械"，而且都是以"铄卡"为计价单位明码标价。她不明白所谓"自产"的定义是什么，难道其原材料不是从其他地方买来的？难道眼前的这些小店背后都有自己的制造工厂？她带着疑问继续慢跑在塔伦区。眼前的塔伦，就好像明网与暗网，露出海面的只是冰山一角。

第七章　由宾……

在塔伦区的慢跑之旅感觉很棒，可这种感觉只局限在身体上，琳娜的心率a没再因此产生铄卡币。也许是因为那"重复"的定律，也许是因为有心事……

这几天，琳娜时常去塔伦区散步，那里奇怪的生活方式、经营模式，还有铄卡……它们好像一个个谜，见闻越多，疑问越多。身在同一座城市，形同两个次元。不过，现在结合着对塔伦区的了解再去看vvvup暗网群里的内容，那火爆的浏览量和互动量也就不足为奇了。网络是现实的镜子，可这种异次元似的模式会对这里乃至整个曼克塔城的现实产生怎样的影响？她突感心头一紧，毕竟这里的观念和曼克区主张的AI-CO物种论毫无共鸣。虽说曼克区是这座城市的主导者，但塔伦区的人口占比超过百分之七十，一旦这部分人的思维失控的话……

这便是琳娜的心事，她希望是自己多虑了，可又没有真实的数据来说服自己。于是，她驱车来到曼塔数据中心大厦，她打算查阅本市五年来的消费及货币数据。不想，在其身份识别完毕后竟被拒绝进入。

"对不起，琳娜女士，这些数据库入口只有经过大数据中心司长的授权才可以进入。"AI-CO提示道。

"他的办公室在五楼，对吧？"

"是的，但司长先生已于昨天随市政一团去南极做静体疗养了，您应该也快去了吧？"

她这才想起来这事，自己最近忙得把一年一度的静体疗养时间都忘了。

"您如果在南极见到司长先生，只需要他的面部识别授权即可远程查阅这些数据了。"

"谢谢AI-CO。"

每年的夏天都是曼塔城的静体疗养季，虽不像法定假期一样被写入法规，但多年来的习惯早已形成社会共识。很多行政部门和公司都会为员工提供这次福利，而静体的首选地便是那一尘不染的南极。

曼塔五号机场位于城市的北部，紧邻塔伦区，占地七十多平方公里，有两百个机位。曾经的这个季节是机场最忙碌的时间，曼塔六大机场的交通枢纽几乎水泄不通，出港航班一票难求，可现在再难看到像往年那样拥堵的情景。

这次和琳娜同行的是各大人工智能集团策划部门的负责人。他们彼此间虽没有身处同一家公司，但经常会去市政厅议会参与一些政务工作，所以相互算是熟悉。

登机后，大家似乎都很兴奋，难得的假期，一年中最好的福利，他们纷纷把一切信息设备调为"休闲模式"，这样便可以屏蔽所有来自工作的信息提示。聊天、玩游戏、睡觉，惬意的静体之旅开始了。但是琳娜并没有放松下来，虽然进不了官方数据库，可网上也有零散的信息，她挨个浏览着以"铄卡"为关键词的网页，希望能找到些有用的东西。

"欢迎搭载7.9级航空器。"座椅屏幕中的AI-CO边说边演示着安全须知。

"它为什么叫7.9？"邻座的小女孩儿问道。

"亲爱的，7.9代表这架航空器的速度级别，也就是说，它最快能达到每秒7.9千米的速度。"AI-CO答道。

"7.9千米……那是不是很快啊？"

"对啊，这个速度被称为第一宇宙速度，这样我们才可以像卫星那样穿越大气层，只是现在我们不需要飞那么高。"

登机完毕，航空器缓缓由原地垂直升起，琳娜望向窗外，曼塔城的远景尽收眼底。曾几何时，这座被雾霾废气笼罩的城市让人无奈和失望，现如今能够享受如此通透的视觉都应该归功于工业智能化的改革。

"妈妈，那些人为什么不坐飞机呢？"小女孩儿指着地面上的人群，那应该是塔伦区居民在广场上集会。

"因为他们是低等群体。"母亲说。

孩子懵懂地看着妈妈："所以他们哪里也去不了。对吧？"

……

航空器平稳地升到五百五十米高度后，开始水平加速，进行空中二次起飞，乘客们能感到明显的推背感。琳娜已经很久没坐亚轨道航空器了，亚轨道是高于飞机最高高度、低于卫星最低高度的区域，位于大气层的中间层层顶与热层附近，即太空边际。这是一般只有远程旅行才会使用的交通工具，它的服务宗旨是在三个小时内到达地球的任何地方。随着速度和高度的提升，天空的蔚蓝色逐渐变深，引擎声音消失，航空器利用惯性继续飞行，二十分钟后，"蔚蓝色"被甩在了身后。

"我们已经穿越卡门线，现在的高度为海拔195.6公里，约两分钟后抵达近地中转站'赤道21号'的C平台，有转乘需求的旅客请留意查看航班信息，目的地是国际空间站的旅客请去服务间领取防失重服，祝您旅途愉快，再见。"

失重，的确有一点儿，本来模拟重力系统已经相当完善，但由于这些年旅客数量锐减，航空公司的经营一直处在巨亏中，他们不得不考虑节省成本，其中重力模拟系统的低负荷运转也就成了节流的一项。

眼前便是浩瀚的宇宙，稀薄的大气层如同一层雾纱，已无力掩盖深邃的黑暗。那不只是一个色调，那不只是无边无际，虽然可以看到繁星点点，但那种被黑暗吞噬的压迫感只有当人身临其境的时候方能感觉到。琳娜望向弧形的地平线，无垠的宇宙却不如狭小的地球更让人感到自由。

近地中转站是一座蛛网形的机械，所有航空器以套接的方式到达网形的各个节点，然后根据各自不同的目的地以类真空速度弹射分发到地球的各个角落。这种空间站就像一座漂浮在太空边缘的中转机场，旅客根据自己的旅行需求在这里更换航班。在地球的亚轨道上还有很多这样的中转站，航空器时常会根据地理位置的需要，途经多个站点以保持类真空里的高速高效，最后在离目的地最近的站点下降，重回地面。这就是它们的速度远超普通飞行器的原因。

飞往南极的航班途经赤道和新西兰站后依次进入了中间层、平流层、对流层，无论是蓝天白云还是南极大陆和海洋，蓝白色成了视觉里唯一的搭配。航空器降落在南极的维多利亚地机场，虽已不是首次来访，但旅客们还是对窗外的冰川美景驻足痴望。乘坐约十五分钟的管道高铁，琳娜一行人抵达华森静体中心。

"琳娜！亲爱的，你刚来吗？"打招呼的是一位女性曼克区议员。

"嗨！琳娜！"这是莫伦斯集团的董事。

……

琳娜和朋友们打着招呼，在这接待大厅里聚集了很多熟悉的面孔：市议会议长洛坤先生及其夫人、曼克区行政副长官科兹莉女士、市警署秘书长菲克先生、隆氪智能集团的副总晓涵女士、莫伦斯集团的研发团队、曼塔大学的校董瑞尔先生、市伦理论证研究所高级顾问托尼先生……

华森中心是一座山体式建筑，位于索克雪山北坡，这一侧的山体已被掏空，内部设施就建在其中；山腰处露出不少人工建筑的棱角和墙面：静体平台、停机坪、客房外窗；远看如同一座现代建筑嵌入进了古老的雪山里。像这样的静体中心在南极还有七座，它们是以接待政要富商为主的服务机构，所有的设施都是顶级配置，所有的服务都是顶级标准，因此备受上层人士的青睐，再加上相互间的社交圈相近，每年的此时此地俨然成了上流阶层的聚会。

琳娜认证完身份来到自己的房间，为凌晨的静体做准备。所谓静体是一种低温疗养。首先通过物理方法让人休眠，然后进入低温急冻的环境中，此时体内血液循环会加快，身体的应急保护本能被激活，大脑会快速调节激素的分泌，维持生命的必需；当分泌量达到峰值时，对其头部进行热干扰，此时也就激活了大脑的最佳状态，人们便可以在梦中体验大脑的高速运转，从而焕发其思维活力；当外界恢复到常温时，多种分泌物质会成倍地循环到刚在冷却中的肌肉组织中，同样可以激发身体的活力。

静体的准备工作是让身体适应变温环境。此时立体喷浴已经根据琳娜的体质备好了水温组合，她褪去浴袍，性感的身材被环绕在立体喷浴中。

"唰"的一声，三十九摄氏度的水洒由直立喷板匀称地覆盖在全身，感觉特别舒服。喷浴慢慢转动，水温逐渐降为三十四摄氏度，再缓缓升至四十五摄氏度。细腻的水柱、起伏的温度好像多张温柔的手，体贴又诱惑地抚摸着自己的胴体。女人总是很难抵挡得住感官的刺激，琳娜微闭着双眼，享受着久违的放松，这些天来太累了，一种精神紧绷导致的疲惫，要比体能消耗更加的难受，现在终于到了松弛的一刻。沐浴在水中，她轻柔地喘息，微微扭动着小蛮腰，好像整个身体在不自主地迎合着水洒的温情。身体的愉悦让精神如同飘浮一般，水体的滋润让肌肤如同呼吸一样。渐渐地，随着喷浴变换水流节奏和温度频率的加剧，随着肌肤那不能自拔地沉迷；朦胧间看着镜子里S曲线的自己，累积的快感达到了顶点，潮欲倾泻而出，一股飘然的感觉酥麻了全身……

　　沐浴过后再补上一觉，整个身体仿佛焕然一新。琳娜揉了揉蒙眬的双眼，窗外天空的黑和大地的白形成了极地独有的对称美，南极冰川在月光的映射下显得柔顺而高贵。已是凌晨一点，在AI-CO的提醒下，琳娜换上蛇衣，准备进入静体平台。蛇衣是一种宛如蛇皮的黑色贴身服装，必须裸穿，上下一体；内层面布满了"触感"元件，一旦激活，它们可以麻痹人体的触感神经，这样身体就不会感觉到冷热，并且能防止皮肤被冻伤。

　　琳娜和其他三十多人一起进入静体室，大家衣着统一。

　　"哇，好性感。"

　　"你身材真棒！"她和朋友们相互欣赏着。

　　AI-CO简单介绍了一下静体的流程，然后人们根据编号躺入各自的静体仓内。这是一款胶囊形状的休息仓，头部位置有一个圆凸形玻璃罩，它不仅能为头部提供舒适的温度，还可以释放物理催眠波，以便让人尽快进入低耗休眠状态；而头部以下的所有部位，都暴露在外面，其目的是让躯干充分吸收天然寒气。所有人躺好后，胶囊仓缓缓升起，与之对应着的静体室天花板相继打开，随后，他们进入了南极室外零下六十三摄氏度的极寒世界中。自然的温度，自然的环境，这是任何人工降温都无法做到的完美搭配，天然静体场的美誉绝非浪得虚名。面对这大自然的怀抱，虽然是躺姿，但丝毫不会影响人们的兴致，大家手舞足蹈地表达着自己的兴奋，好像伸手就可以触摸到夜空中的繁星。

琳娜并没有太沉醉于此，她用手机和胶囊仓相连，在投影上查看着曼塔城的数据库。入仓前，她刚从大数据中心司长那里拿到授权，好奇心让她有些迫不及待。数据显示，两年来，曼元的升值曲线明显高过以往，与之相对应的是持续走低的货币发行量和居民消费指数……琳娜紧张起来，难道现实真如她所担心的那样？难道铄卡币真有那么大的能量？她继续查看着，她仍然希望从中找到数据证明自己是错的，证明自己只不过是在杞人忧天。不知过了多久，周围的嘈杂声消失了，琳娜看了看四周，其他人都已打开休眠模式，正式开始静体。她没在意，继续查阅着数据，冗长的表格一页接着一页，这就是一个社会的脉搏。但突然投影一片空白，原来是信号消失了，断网了。她无奈地叹了口气，也准备进入休眠。

这时，平台远处传来机器的声音，原来是另外两台胶囊仓升到了平台，琳娜心想，这些迟到的人太随意了，毫无时间观念。可奇怪的是，那两个人竟然站起身来，而且只是穿着厚重的黑色防寒服。琳娜侧躺在仓内，费解地望着那边。只见他们手握着一个仪器，快步走到一个仓位前，对着里面的人的心脏处一戳，那人抖动了一下便再没有反应。接着是下一个，再一个……他们挨个仓位地重复着这个动作。琳娜愈发地感觉不对，他们拿的是……电刀！那些被戳中的朋友已经……死了！

一股前所未有的死亡恐惧瞬间笼罩了她的全身，琳娜呆滞着，大脑一片空白，甚至连思维都已暂停，眼里只有那两个黑衣人重复着的动作，并在一步步靠近这边。几秒后，她突然警醒过来，真的，这一切都是真的……

此时，琳娜脑海里本能的第一反应是去按紧急按钮，可颤抖的手指根本不听使唤，就在身边二十厘米的距离处却点了三下才点中，可是，没有任何反应……紧急系统也被控停了？"逃"，这是她大脑里闪过的唯一抉择。

琳娜深呼吸了几下，尽量让自己恢复冷静，然后悄悄地把左腿搭在仓体外沿，用力且平稳地拖着整个身体向外退。然而，当头部即将离开玻璃罩时，一阵刺骨寒气扑面而来，她彻底清醒了。赶紧打开救助箱，拿起防冻伤剂喷在面部，继而加速往外退去。此时此刻，她可以清楚地听到自己的心跳声。

爬出胶囊仓后，琳娜俯身用仓体作为掩护，观察着可能的逃生出口，可唯一的门位于那两个黑衣人身后，她是不可能过去的。眼看着他们越来越近，其脚步和电刀触体时的闷爆声清晰地在耳边反复。求生的本能情绪几乎要压垮她的身体，琳娜捂着嘴，急促地呼吸着，同时爬向平台边缘的栏杆。但是，栏杆外是百丈断崖……

一阵阵寒风沿断壁而上冲割着面颊，琳娜倒吸了一口气，眼角的泪水已经结冰，她赶紧拿出防冻伤剂在脸上又喷了一层，可因为太过紧张，手一滑，瓶子掉下了断崖。

"砰，砰"，瓶子碰到岩石的弹撞声使得琳娜瞬间心跳加速。那两个黑衣人也清楚地听到这些，警觉地向栏杆靠近。琳娜赶紧抓住栏杆的立柱，把身子旋向外侧。幸好这里的断崖有些坡度，她手扒住岩石的棱角向下移动，并快速滑到不远的一个凹陷处。就在此时，她看到了栏杆边的两个身影。

"有人逃掉了。"

上面的声音历历可辨。

琳娜的胸贴在岩壁上，尽力往里靠，捂着嘴，连呼吸声都放轻。他们肯定发现了她的空仓。

两个人在那里看了一会儿，没有发现什么，便转身回去继续"工作"。

不知在这里躲了多久，也许有几分钟，也许有半小时，直到上面没了动静。她挪了挪僵直的身体，随着防冻伤剂的消耗，琳娜面部的刺痛感愈发强烈，令人欣慰的是蛇衣的保护还在，目前为止躯干上的肌肤还没有感觉到冷。但她仍然得想办法尽快回到室内，否则单是因为面部也会被冻死。

琳娜向右挪动着，希望从原路爬回去。可滑下来容易，爬上去难，右脚刚踩在岩石的棱角上便打滑下来，尝试了几个位置都找不到支点，她无奈只能回到原位置。现在该怎么办？网络已断，蛇衣上的求救系统也就成了摆设，难道靠呼叫求救？万一被那两个人听到了呢？这些都行不通。她仔细看了看附近，好像左手边崖壁的坡度更大一些，因此可以尝试从左边上去。积雪挂壁，很难用上力气，她用力抠住岩缝，整个身子正面贴紧，艰难地挪动着。忽然，指尖感到一阵刺骨的冰冷，是蛇衣破了，她只能忍着，这都不是问题。现在最大的问题是体力，琳娜喘着粗气，把全身力气集中在指尖很容易让人筋疲力尽，可现在已无法回头，只能靠着意志力往上爬。

大约过了几分种，她终于靠近了平台栏杆，可坡度陡了很多，几乎达到垂直。她伸手够了一下，还差一点儿抠住平台边缘，于是，深吸一口气，靠着左脚勉强的发力点，奋力向上一跃；终于，右手有三根手指抠住了边缘的棱角。随即，左手也跟上，她稍稍松了口气。几秒后，又是深吸一口气，凭着一股冲劲，双手奋力往上撑，可那纤细的双臂只是略微弯曲后便没了力气。琳娜有些心慌，又重复了几次，反而感觉力气越来越小，双肩远没到能撑上去的高度。她又试着用右腿搭在岩石的凸起处借力，可根本踩不到支撑点，手指在急速僵硬，体力被消耗殆尽，该怎么办？如果现在松手，下滑的惯性将使她根本不可能再抓住任何棱角，肯定会葬身断崖之下。死亡的恐惧再次笼罩全身，甚至高过方才，这是来自心底的绝望。

就在绝望与放弃之时，栏杆处出现了一个身影，一只大手一把抓住她的手腕，琳娜瞬间感觉像飞上来一样越过了栏杆。她大口喘着粗气，惊魂未定，那高大的身影不等她喘息，便牵着她的手往平台唯一的出口跑去。

"你是谁？"琳娜边跑边问。

男人掀开自己的雪镜，冉宾！？

第八章　南极之殇

琳娜不敢相信自己的眼睛，竟然是冉宾救了自己。他也在这里？

突然，一声巨响，一阵地动山摇，脚下像踩了棉花一样没了重心，这是地震？还是爆炸？平台的地板瞬间被撕裂开来。

"快！去山脊那边。"冉宾把她托举起来，越过内侧栏杆爬上山坡。巨响还在持续，积雪碎石被大面积震落，锋利的冰凌像刀片一样划伤了冉宾的面颊，平台塌陷，那些胶囊仓如同蛋壳一样纷纷跌落，与之一起跌落的还有那些死去的朋友们。华森中心爆炸了，建筑碎裂，火焰像火山喷发一样直蹿上来，整座索克雪山不停地颤抖，仿佛即将崩塌。

冉宾握着琳娜的手，小心地爬上山脊，这里是雪崩风险最小的位置，琳娜不时地俯瞰着华森中心，唏嘘不已，没想到转瞬间一切都化为乌有。两个人走了没多久，震感消失了，冉宾带着她贴着岩壁走向山的南坡。他的手始终没有松开。

"好冷。"琳娜的声音带着颤抖。

"快到了，前面有个山洞。"冉宾知道由于华森中心的坍塌，所有系统都已崩溃，蛇衣的保护作用也就失效了，而现在的温度肯定低于零下六十五摄氏度。

冉宾揽着琳娜，大步且小心地走着，琳娜的触感神经逐渐恢复，冷感愈发明显。距离山洞还有五十米、四十米、三十米……却难以忍受。

这不能算是山洞，只是两块巨石斜搭在一起，仅有三米深。现在的琳娜几乎迈不开脚步了，并且意识不清。冉宾把她抱进最内侧的拐角处："有救援队过来了。"他不停地拍打着她，琳娜微微点了点头。其实哪有什么救援队，他只是在给她提神，因为一旦睡去便永远醒不过来。

琳娜蜷缩在角落里，冉宾跪在她面前用上身挡住外面的寒气，然后拉开自己防寒服的拉链，揭掉身上全部的五张热能贴，随即迅速地解开琳娜的蛇衣，把它们贴在她的小腹、脚部、后心及大腿两内侧的动脉处，最后把防寒服倒穿罩在外侧，并将她紧紧抱在怀中。

几分钟过后，琳娜的颤抖逐渐停止了，呼吸恢复了匀称，连面部的润色也在回升，俊俏的小脸，微闭着双眸，依偎在冉宾胸前。现在她睡着不会再有危险了，冉宾长舒了一口气。远处又传来几声巨响，他看了看身边这个女人，无奈地摇了摇头。

不知过了多久，琳娜醒了，她理顺着意识，回想着刚才的事情。搭手摸了一下冉宾的胳膊，这才发觉这个男人的身上好冰，再抬头一看，他的眉毛已经结冰。

"冉宾！醒醒！醒醒！"琳娜吓坏了，拼命地晃着他的身子。僵硬且沉重，连胳膊都好像灌了铅一样。

"嗯……"

好像听到了一个微弱的声音。他还有知觉？

她立即解开冉宾的贴身衣物，同时将自己的蛇衣解开，并褪至臀部；右腿跨过，骑坐在他的腰间，然后俯身抱住，肌肤相贴着为其取暖。冉宾的身体冰冷，除了心跳再感受不到任何活力，琳娜尽可能地抱得紧一些，让肌肤之间尽量没有间隙。

"醒醒，快醒醒！"

"求你了，快醒醒啊，不要睡啊！"

"不要睡啊！"琳娜不停地在他耳边喊着，泪滴溢出了眼角。

"傻子，你以为我会像你这么脆弱吗？"耳边传来一个声音。

琳娜瞪大了眼镜，不敢相信地转过头："你真的醒了？真的醒了？"眼泪更加不受控制。

"醒是醒了，就是有点儿喘不过气来。"冉宾说。

"嗯？"琳娜刚反应过来，赶紧拉开一点儿距离。

两个人面对面看着对方，突然静了。琳娜的身体完全裸露在眼前，坚挺的酥胸、曲线玲珑的细腰、后翘的臀部……她意识到了什么，本能地用胳膊遮挡住胸部。冉宾再次把她轻轻地揽入怀里，轻声在其耳边说："靠近一点儿，好冷。"

琳娜有些无措，他慢慢地把她的双臂挪开，乳峰轻触在冉宾胸前。琳娜没有抗拒，脸色绯红，不只是因为彼此肌肤相接，而是她的某个部位感受到了这个男人身体的变化。

冉宾双手在她的背部和腰间游走，琳娜的全身好像痉挛一样一次次地享受着过电般的酥麻。额头相触，呼吸急促，即使在南极的寒气中也可感受到彼此呼吸的热度。这就是男人的手，她微闭着双眼，嗓间渗出轻柔的喘息。

冉宾轻轻触碰了一下琳娜的双唇，她没有躲避；随即又轻吻了一下，毫无经验的她还只是等待着。此时冉宾右手轻拂住琳娜的后颈，深深地吻了下去。即使在男人更加强烈的拥吻下，她的嘴唇也不懂得迎合，只能任由其摆布。那一瞬间，冉宾再也无法按捺住身体的本能，他左手拦住琳娜的腰，右手抓住其臀间的衣物用力一扯，蛇衣被褪至膝盖处，而自己的部位早已胀痛难忍。

"啊……"索克雪山的洞穴里传出一声撕裂般的娇吟……

在这冰天雪地里，在这山洞的阴影间，一个柔美的胴体坐在壮硕身躯的腰间。琳娜双臂紧抱着冉宾的肩膀，双臀任由那双大手上下托放，起初的疼痛早已消散，一次次地重复却贯穿至灵魂深处。这就是男人的身体，琳娜感受着、呻吟着，她早已被这频繁的冲刺弄得意识模糊，享受着期待着任其蹂躏的感官刺激。这是何时？这是何地？也许现在就是一切……

凌晨四点多，琳娜熟睡得像个孩子，外面传来了直升机的声音，冉宾站起身来，把防寒服盖在她的身上，走出洞穴。没过几分钟，救援人员便来到了琳娜身前。

按照安全部门的统一部署，凡是通过健康扫描的幸存者都第一时间被送往机场，搭乘应急航班尽快返回曼塔城。

坐在航空器上，琳娜看着新闻。果不其然，媒体都在铺天盖地报道此次南极事件。但更骇人听闻的是，出事的不只是华森一家，八座静体中心有六座已化为废墟，死伤失踪总数高达四千人，曼塔市政厅已经第一时间将其定性为恐袭。诺唯市长发表视频讲话，宣布曼塔城进入紧急状态，他强烈谴责这次惨无人道的行为，将其称为屠杀，警方定将全力以赴缉拿凶手，并号召全市公民提供线索，协助警署早日将凶手及其背后组织绳之以法。

四千人……这个数字让人不寒而栗，况且这是一众上层社会群体，科研人员、政要官员、富商高管甚至还有他们的孩子，不知有多少同事朋友被涵盖其中。琳娜闭上双眼，回想着刚刚十二小时内所发生的一切仍然心有余悸，可是，冉宾去哪里了？

　　仅仅半小时后，航空器便降落在曼塔城，只是落地机场被临时改为了位于城南的一号机场，也就是曼塔区的边缘。着陆后，所有旅客都鼓起了掌，恐袭的阴影也让他们为飞行安全捏了一把汗。

　　开车，回家，冷静，平复情绪。琳娜刚冲完澡便接到了议会通知："一小时后开始市紧急会议"。她赶紧换好衣服，急匆匆地下楼，并让AI-CO把路线定为加急模式。

　　"今日鉴于南极恐袭的影响，社会悲观情绪严重，截止目前为止，曼塔股市暴跌23%，蒸发市值高达5.1万亿曼元，是曼塔历史上最大的单日下跌量。"

　　"今日期货市场呈两极化走势，高分子、纳米、合金类材料的三个月和六个月期货价格跳水；与之形成对比的是原油、谷物类产品的价格疯涨。"

　　"目前全市的大型公共设施已全部暂停运营，所有公共活动取消。"……

　　琳娜坐在车里看着屏幕，重大新闻一条接着一条。车窗外，每个路口都可以看到荷枪实弹的士兵、警察和轻装甲车，半空中到处都是四处巡逻的智能警戒机，好像整座曼塔城已经到了战争边缘。议会大厦门口早已水泄不通，各路记者和媒体有的在此等候新闻稿，有的以此为背景做着现场直播，但官方以安全为由禁止他们进入"穹顶大厅"。各位参会议员也是三缄其口，快步地通过身份识别和安检。

第九章　广义与狭义物种论

"这是一次赤裸裸的屠杀，是对曼塔区的斩首行动！用脚都可以想到是谁干的！就是那群寄生在塔伦区的低劣生物！思想的低劣！手段的低劣！他们在向我们宣战！我们必须以牙还牙！"一位鹰派议员咆哮道。

"没错！他们杀害的是谁？是为这座城市呕心沥血的公职人员和科研人员啊，是这座城市真正的灵魂。来，大家快看看这座大厅，看看你们的邻座，有多少空位？曾经在这里和我们共事的朋友里，至少有三分之一的人再也回不到自己的座位上！为什么？因为正是那些对社会毫无贡献的累赘杀害了这里最勤奋的人！凶手在哪里？就在桥的另一端！"

"低等群体必须被淘汰！他们以为用恐袭就可以阻止AI的发展？我敢保证这只会加速他们的消亡！"

"我提议，对塔伦区进行强制调查！上监听和监控措施！"

"支持！"

"这个提议很重要！"

……

琳娜从没见到过如此激进和火爆的开会场面，议员们的怒火已无法控制。反观在座的几位塔伦区议员，脸色尴尬，虽有委屈却忌惮于公愤而只能保持沉默。

此时，诺唯市长站起身来："诸位，请先把注意力放回到此次事件上，我理解大家的愤怒，但曼塔城是法制社会，我们必须掌握证据才可以下结论，如果只是在冲动中做决策，那么必将引发更加混乱的场面。毕竟全城百分之七十的人口居住在塔伦区，我们要放下主观意识，不要以敌视的态度对他们进行怀疑和审查，否则势必把他们推向对立面。"

"那就加快AI-CO的物种化和身份化进程，少数人创造的社会财富却要去养大多数懒人，他们不被淘汰谁被淘汰？"

市长余音未落便被接住了话。

"对！加快进程。这才是根本，否则还会有更多的恐袭。"

"支持！"

……

议员们疯狂地宣泄着情绪，"低劣生物""社会累赘""淘汰"这些极端的歧视词汇虽在曼克区居民之间心照不宣，但在官方场合很少听到。可这的确就是曼克区的世界观，同时也是曼塔城官方的世界观：

这些年，人工智能获得了飞速发展，它们已经全方位地取代了人类的社会职能，但其社会定位一直是争议话题。在伦理层面，集中在曼克区的精英阶层普遍接受"广义物种论"，即：

一、以地球发展为核心。

二、物种的定义不是以是否具有生命体征为标准，而是以是否具有独立的思维为标准。

人工智能和地球上各种动植物一样都是一种独立的产物，并且拥有独立的思维，所以它们就应该被称为"物种"，它们在自然界的位置与花草树木飞禽走兽以及人类是平等的。既然是一个物种，它们就有权享受"物竞天择"的自然法则，就像上亿年前恐龙是地球的主宰，现在人类是地球的主宰一样，如果人工智能有能力，它们完全有权成为下一任的地球主宰。

"广义物种论"的推崇者们相信，在现代进化论的理论体系中，繁衍意味着创造与传承。人工智能由人类亲手创造，所以它们就是人类的后代；在未来的某一天，无论人类的肉体是否因此而灭绝，它们还会是人类思维的传承者，这和物种繁衍理论相吻合。从另一方面看，就地球而言，现代人类已经成为这颗星球的负担。因为人类的存在，地球资源被极大地消耗，它处于一个负增长的趋势里，如果这样下去最后必将毁灭。此外，人类孱弱的肉身不但无法对抗微生物和大自然的冲击，更不可能在未来有实力与外太空未知物种接触、共存，届时人类还是被奴役或灭绝的一方。这是细胞构成体无法克服的劣根性，所以他们无力扛起未来地球主宰的重任。而人工智能的非细胞类躯体可以完全无视这些危险，所以他们才是更优的存在，只有正确引导人工智能成为继承者才是这座星球和文明传承的唯一出路。源自于人类，却优于人类，曼克区因此把人工智能定义为人类的进化体。

与此同时，集中在塔伦区的平民阶层依然信奉传统的"狭义物种论"，即：物种的定义是以生命体征为标准，人工智能只是一个科技产物，只是机器，它们的疯狂发展只会导致社会秩序的混乱和人类的灾难。人类应为同族负主责，为世界万物付良知，当人类自己的生活、生命甚至种族延续都受到挤压甚至灭绝威胁时，其他生命体也难逃噩运，因此所有的进化理论、未来理论等等都没有意义。

这种世界观层面的冲突，作为长期掌权者的曼克区人当然清楚。为了智能化的进程，他们一方面为低龄人群进行伦理教育，让居民从小就在"广义论"的引导中形成世界观；另一方面，虽然同为人类，但他们早已把塔伦区的成人群体认定为低等物种，因为思维的巨大差异，其在"广义论"中被划定为另一物种完全符合逻辑。所以曼克区阶层都在想方设法尽快将其淘汰，以让社会效率和生产力得到巨幅提升，但在保证社会相对稳定的前提下，目前唯一可以实施的只有"失业"和"洗脑教育"。

"我们每月为那些好吃懒做的塔伦区人提供着两千元社会保障金，低廉的物价、低成本的医疗、教育、住房，他们难道还不满意吗？不，反而认为这一切都是应该的，他们还想要更多。能力不够，就用暴力，这是历代底层群体必走的路。"

"端起碗吃饭，放下碗骂娘！"

怒火还在持续，但从刚开始的单一发言逐渐变成了自由讨论。更多的人已经开始专注于自己的提案，并现场提交，毕竟这不是宣泄平台，找到有效的应对办法才是这次紧急会议的目的。琳娜转身问在警署任职的议员朋友，现在警方那边有没有什么头绪？

这位朋友把自己的手机递过来，屏幕上列出的是警方的重点怀疑对象。第一位，名叫元克烈，塔伦区人，曾自创塔伦区劳工协会，并任会长；极度反对市政厅的智能化政策，三年前曾煽动带领百余人冲击隆氪智能总部，并造成多人死伤，随即被警方通缉，但至今未被捉拿归案，他的踪迹也始终是个谜，此人号称塔伦区第一暴徒。而位列第二位的是……冉宾。琳娜心里一震。

"请肃静。"台上传来议长的声音，"在未来的两天内，请各位议员把自己的提案传给议会服务器。现在我们就一项提案进行投票表决。曼塔议会第三号特殊令……"

听到这里，不少议员纷纷把目光投向同坐在台上的诺唯市长。一般都是市长提出一项政令，由议会表决，像这种绕过市长直接由议会提出的情况很少见，除非是市长丧失了执政能力，比如健康原因，或者无市长的行政状态下。难道诺唯市长被架空了？虽然他的确是位临时代理市长……诺唯市长的神情平静，没有丝毫的诧异，好像早有准备。

"曼塔议会第三号特殊令，现在表决《为加速AI-CO的物种化进程，市政厅在原有扶持拨款的数额上增加120%》的提案，请各位议员投票表决。"

琳娜毫不犹豫地在投票器上选了"赞成票"。不一会儿，大屏幕上便显示出表决结果，500个议席，281张赞成票，76张反对票，143张弃权票。表决通过。琳娜又看了看那大片的空位，那143张弃权票中大多是来自那里。

很多人不明白这次紧急会议是为恐袭事件而开，怎么会只表决了一项拨款提案，况且曼克区的人都知道现在AI-CO的物种化进程陷入瓶颈，虽然她已经拥有了强大的独立思维，但还缺少物种的另一个核心："精神内核"。议长详细地阐述了这项提案的内容，一切直奔主题，这笔拨款的用途就是为了解决"精神内核"的问题，可到底该怎么突破？提案里没说，大多数议员更是想不明白。

第十章 丛林法则

议会讨论结束后警署统一安排,需要所有的南极恐袭幸存者去局里做笔录,把自己经历过的事、见到过的人全部详细地告诉警方。由于在这次事件中,南极大陆网络瘫痪,遭袭地点全被炸毁,直接导致取证困难;虽然专业人员全力抢修恢复数据,但能否成功还是个未知数,所以目前拿到第一手证据的最好的方法就是当事人的陈述。

琳娜把自己在南极的所见以及逃生经过详细地做了陈述,但唯独没有提到冉宾。这样做到底对不对?走出接待室,她反复问着自己。没有合理的理由,可这是潜意识里的选择。警署的人很多,大多是来做笔录的幸存者。这时,她看到前面有个高大的身影特别眼熟。冉宾!没错,就是他,琳娜站在他身后的五米处,心跳莫名地加快,那个男人正往警署外面走。

"那不是冉宾吗?"琳娜故意问身边的警察朋友。

"对,刚来录完笔录。"

"他不是重点怀疑对象吗?"

"现在已经不是了,他有不在场的证据,有十多个人证明,而且也有相对应的监控视频和商业行为记录。"朋友说。

"这……

琳娜反而感觉更加沉重了……

回家的路上，她完全被疑虑吞噬了。所有的事情还没过去二十四小时，他已经回到了这里，而且还有证据。为什么要伪造证据？直觉告诉自己这事没那么简单。

一周过去了，曼塔城逐渐恢复了平静，道路上的警察少了，主要路口的排查路障全撤掉了。媒体虽然一直在跟踪报道，但并没有什么实质性的爆料。警署更是以案情需要为由不透露更多信息。以股市为代表的金融市场逐渐止住了动荡行情，恐袭事件成了塔伦区居民茶余饭后的谈资。

冉宾坐在柯森进出口公司的会议室里反复摆弄着一支钢笔，一支老式的需要灌装墨水的钢笔。他也不知道自己在干什么，同样保持沉默的还有凯尔。空旷的会议室里，三个人，唯有哲在焦虑地来回踱步。

"华森中心爆炸时，你怎么会在里面？"哲的话语充满了疑惑。

"我说了，我本打算去取走他们的数据资料。没来得及……"冉宾答道。

"这种事情需要你去做吗？"

"那里的数据很重要，都是他们的面部和指纹信息，拿到那些东西至少在十二小时内可以进入曼塔的所有重要数据库。"

哲摇了摇头，他不知道该怎么反驳，但很清楚这个逻辑很牵强："你知道如果你被炸死在里面了会是什么后果？你能为我们多年的努力负责吗？"

冉宾沉默了。

"所有计划都会灰飞烟灭！"哲显然没有宣泄完怒气。

咚咚。有人在敲门。

"进来！"冉宾说。

"这位女士要见冉宾先生。"接待人员身后站着琳娜。

三个男人怔住了，同是吃惊却各不相同。

"啊！大美女议员！"哲想起了在不久前在月牙港的出海派对。

"嗨。"琳娜略显尴尬地打了声招呼，"还你的防寒服。"她把一个手提袋递给冉宾。

房间里突然静了。

其中的两个男人看看冉宾又看看琳娜，脑袋里在拼命理顺着思绪。

"先散了吧，我还有点儿事。"冉宾揽着琳娜出了会议室，留下了懵圈的两个男人。

"打扰你们开会了吧？"琳娜跟在后面。

"没事。"冉宾的步伐很快。

"另一位是？"

"凯尔，你在月牙港应该见过。"

"哦。"

坐电梯到了大楼的十层，穿过一条走廊，走廊的两侧有很多房间，但都是大门紧闭且没有门牌。径直走到第一个拐角处，冉宾打开了门，这同样是一个没有任何标识的房间。琳娜跟在后面走了进去，这便是冉宾的办公室。房间不大，有些杂乱，左面的墙上挂着一幅风景油画和几张图纸一样的东西，右面的墙上则贴满了巴掌大的便笺纸。

"你怎么知道我在这里？"冉宾说着把房门关好。

"你是名人，找你当然很容易。"琳娜自然地答道。

这时，没等她反应，冉宾的一只大手就把她揽到面前，直接吻住了她的双唇。"唔……"琳娜措手不及，只是错愕地瞪大了眼睛。几秒后在这个男人侵略般的拥吻下，她逐渐缓过神来，僵硬的身体柔软下来，双眼缓缓闭上，一股熟悉的飘然感好像又回到了南极的那个夜晚。冉宾把琳娜掀躺在办公桌上，右手已经扯下她的底裤。

"我……我那里还有点儿痛。"她满脸的羞涩。

冉宾只是微笑着再次吻住她，突然，一声呻吟，琳娜的手指掐陷入他的背阔肌里，她又一次被他进入了……

狂野地交合，如胶似漆地相互占有，短短的几天好像积蓄了对彼此难耐的思恋……不知做了多久，琳娜的体力已接近极限，潮涌伴随着痉挛让她沉浸在迷离与梦幻之中。最终，香汗淋漓的她瘫躺在沙发上，小腹的起伏、低吟的喘息、微皱的眉宇间似乎还在回味那被支配的余感。

琳娜醒来时天色已晚，冉宾不在，办公桌上的电脑还开着，旁边的杯子里飘着几个冰块。她把毯子裹在身上，环视着这间有个性的办公室。没有特别的装修，从桌子到柜子全被纸质用品堆满，很难想象这个时代谁还会对"纸"这么情有独钟。房间里最高技术含量的物品是那台老式电脑；墙上的那张油画是一个男孩儿坐在海边的场景，没有作者署名，而吸引住了她的视线的是墙上的另一张图：

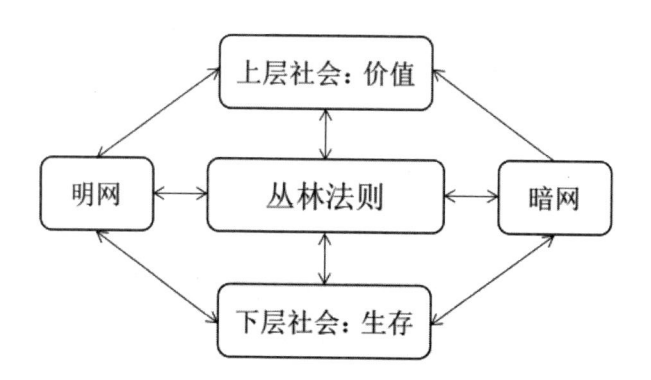

```
         ┌──────────────┐
    ┌───▶│ 上层社会：价值 │◀───┐
    │    └──────────────┘    │
    │           ▲▼           │
    ▼           ▼▲           ▼
┌──────┐   ┌────────┐   ┌──────┐
│ 明网 │◀─▶│ 丛林法则│◀─▶│ 暗网 │
└──────┘   └────────┘   └──────┘
    ▲           ▲▼           ▲
    │           ▼▲           │
    │    ┌──────────────┐    │
    └───▶│ 下层社会：生存 │◀───┘
         └──────────────┘
```

只是一张图，简单的几个词，琳娜思考了好久，丛林法则是核心？"暗网"为什么单向指向"上层社会"？他想表达什么？

此图的下面是一排照片，这是用老式胶卷冲洗出的照片，时至今日可以用古董来形容。照片里是老曼塔城的情景："在人工智能刚产业化时工人协会开会时的场景，工人们一脸茫然，似乎预见到了生活的巨变。""社会保障部大门外，长长的队伍，失业居民排队等着身份登记。""白天的某时，街边尽是昏昏沉沉的醉汉和满地的烟头酒瓶。""塔伦公园内，有些人望着夜空，有些人依偎着彼此，有些人发着呆，有些人已在躺椅上睡着。"……一张张照片虽然色泽清晰，却无不透着一股苍白。

琳娜把目光转向另一侧墙面上，那里被密密麻麻的便笺贴纸覆盖，有图片也有文字：

图片：战争中，难民孩子死在了沙滩上

曼塔城多起学校霸凌事件的新闻

东部村落土壤被污染事件，受害村民上诉多年无果，多人患癌，人们纷纷搬离家园（下面是冉宾手写的一段话："这个时代没有任何进步，弱者被淘汰，弱族被淘汰，只是文明纳粹模式。"）

2018年，曼塔教育部实行宽松教育政策，高强度学习的时代成为历史（冉宾手写："这是在建立固有阶层壁垒，上层人群的子女不会错过优质的教育，普通民众的后代却在所谓的'宽松'与'缺乏自律'的外因与内因下被越甩越远，进入上层社会的概率也就更加的渺茫。"）

塔伦区大批村民在堤坝涉险捞鱼，被曼塔主流媒体痛批为无知且素质低下（冉宾手写："富人不要和穷人比素质，如果他们有高质量的生活，谁会冒险下河捞鱼？不一样的物质面前不要比素质。"）

无牌的低价劣质商品盛行，被网友口诛笔伐，呼吁人们联合抵制，但居高不下的销量仍证明其需求旺盛（手写："桥这边的人不了解桥那边的世界，他们只是站在自己的位置看全部问题。这个社会悲哀是：不知道自己不知道。"）

塔伦区菜农过度使用农药，售卖给曼克区时被抓，平静地回应："没关系的，曼克区人有钱治病。"（手写："没有公平，便为利而互害。"）

一架1917年的象牙琴键钢琴，两个皮质奢侈品牌挎包。（手写："文明只是一层华丽的表皮，皮下无不是血与肉的腥味。"）

……手写："哲学决定社会。"

……手写："人与人讲法律？国与国讲拳头？没有绝对的平等，只有丛林法则。"

……手写："人人都为追求高品质的人生而奔向前方，却选择性地忽略背后的世界。"

……手写："忽略不代表不存在。"

……手写："上层人希望社会稳定，中层人希望社会变革，下层人希望社会混乱。"

……手写："层级由上而下，压制自上而下，无论多么低的层级，他们一定会压榨更低的层级人群，这是人性使然。"

……手写："上层人和下层人虽然都是人类，但不在一个维度，上层人看下层人就像我们看地上蚂蚁一样，蚂蚁的情绪是不会影响到我们的；下层人的温饱、教育、健康、生死，只是数据库里的一个数字。所以下层人不要考虑上层人的苦衷，那只是自我安慰，那只是给自己一个逆来顺受的理由。不同维度的物种是不会有其他维度的思维角度的。"

……手写："人工智能的物种化进程就是AI-CO的生命化进程，人类社会的普遍认知是只有生命的东西才能称之为物种。而只要市政厅修改规则，所谓的'生命'就可以被赋予，时间久了这样的修改就逐渐变成了'认知'。"

……

还有很多，琳娜发觉，了解得越多，这个男人背后的谜团就越大。

冉宾推门走了进来。琳娜看着他，有了和几个小时前完全不一样的感觉。

"南极的事是不是你做的？"她开门见山地问道。

"不是。"冉宾平静地说。

不是你做的，你为什么会出现在那里？为什么要伪造不在场证据？问题虽已提到嘴边，但琳娜没有再问。

"便笺很精彩。"她说。

冉宾笑了笑。

"但有意义吗？"她指了指其中的几页念到，"'富人靠修改基因抗癌，中产靠买抗癌药求生，低产在化疗中等死。'这是什么年代的事？现在的医疗成本低廉，抗癌药和消炎药的价格差不多，政府为此做了很多……"

"你误会了。"冉宾打断了她，但声音平和。"我不在乎事件本身，这满墙的便笺都是为了证实它背后隐藏的核心。"说着他指了指那张大图表的中心框，这时琳娜把目光转回到那中间大大的"丛林法则"上。"这里所有的新闻都是为了佐证'丛林法则'，丛林法则一直根植在所有生物的基因中，无论是古代、现代还是未来，无论是群体还是个体。"

琳娜只是看着，没有说话。

"而'暗层心理'是人类'丛林法则'的体现。"

"不太懂。"她明知故问，作为遗传心理学专家的她倒想看看冉宾能讲出什么大道理。

"你应该知道猎暗行为吧，在暗层心理中有一个表现就是'猎暗行为'。你可以通过数据库查证一下，网络上，负面新闻的浏览量远高于正面新闻。这是一个很有说服力的普查数据。为什么会这样？因为别人的弱反衬了自己的优越，而这是最不需要努力便可得到的心理满足，这也是负面信息传播很快和总是成为'热搜'的原因。很多明面也是暗层驱动的结果，比如慈善，正是对弱势群体的保护欲，'弱'正是暗面的映射。"

"那个在枫叶广场的VR场景聚会是不是你做的？"琳娜问。

"是。"冉宾丝毫没有停顿。

"为了铄卡币？"

"不去那里一样可以生产铄卡，我们是为了弥补'不平衡'。情感不平衡的危害要远大于经济的不平衡，异性被权贵吸引，甚至一人多拥，虽然有婚姻约束但没有强制措施，这就是在变相地挤压和淘汰普通人的传承权利。连物种的基本自然权利都在被压缩，终会引起社会的混乱和仇视。"

琳娜一笑，略带不屑："你想太多了，权利是靠自己争取的，塔伦区那些人没有适应这个时代的能力，整天抱怨是AI-CO逼迫他们失业，挤压他们的空间，其实他们自己才是这个社会的累赘，拖了时代的后腿。AI-CO的应用让生活成本降低，市政厅还加大了社会保障金基数，事实上就是在养着他们，可他们好像并不领情，他们从不想想自己为这座城市贡献了什么。你这样做看似仁慈，但只会让他们更加懒惰，只会让他们变本加厉。"

"领情？这是市政厅的义务，行政层的责任不是要淘汰下层人群。任何人只要在这里出生，那么他吃的每一口饭、喝的每一口水、穿的每一件衣服就都是对社会的贡献。政府不能算计到底是他的贡献多还是摄取多，否则那就成了把社会当作生意的商人。扶持下层人群是行政阶层的社会责任，但曼塔市政厅正在背道而驰，他们在用所谓的高等物种淘汰下层人群。记住，这座城市里，百姓不坏，坏的是精英。有知者丑陋。"

"无知者无畏。"琳娜的心里闪过这句话，但又选择了沉默……

"人类在竞争中弱肉强食，表面上说是为了前途发展，其实是一种危机意识。"冉宾指着一张便笺，"这是一条因为一点儿小纠纷而引发的互残事件。表面上看这是底层人与底层人之间的互残，很可悲；但往深层看，当事双方并不认为他们同属一个阶层，至少当时是这样认为的。当他们感觉到这种层次差让自己产生损失时，便用了暴力来抹平这个'差'。这就是人性的暗层心理特征，所以人们才会有上行的欲望。可AI-CO出现后，人们不但丧失了这种欲望，甚至连一点点追赶的希望都没看到，因为我们发现这种差距不是靠强化自身所能弥补的。此时，潜意识里也就有了自我放弃的倾向，这就是基因里的丛林法则，物竞天择。自我意识淘汰法则，是自然界给生命体的基因，也是物种更迭换代的重要原因之一。一旦自弃，也就意味着退化，最终便是消亡。不是所有生命体都会被强者毁灭，更多的毁灭来源于自我放弃和消亡，这就是此基因的作用。而能够扛得住这种基因考验的生命体就会以强者的身份生存下来，并把这强化后的基因传承下去。虽然他们在这几代扛住了，但未来仍有可能被更强的物种摧垮，这种基因又会产生作用，再次淘汰大部分人。曼塔市政厅的行政套路就是在慢慢地引导这种自弃思维，以催化塔伦区人群的这种基因爆发，让人们的处境相似，没有了竞争的必要，又对人工智能望尘莫及，继而逐渐放弃自己，让以科技为核心的新物种接管这颗星球。这是'温杀'。"

琳娜微微地摇了摇头，仍然沉默着，随即整理好衣物。在离开之际，她回头看了看冉宾："你脖子上的伤疤是怎么回事？"

冉宾抬手摸了一下："战乱。"

"当年的南北冲突？"

他没有回答。琳娜没再追问，离开了办公室。

冉宾清空思绪静坐了一会儿，然后把手机的视频通话调为"可视"，屏幕上出现了哲。

"你是不是说得太多了？"哲说。

"没关系的，她如果想告发我就不会等到现在了。她会回来的。"冉宾透过百叶窗望着琳娜走出大楼上了车。外面下起了绵绵细雨。

"有知者丑陋，无知者无畏，无不是人性劣根的体现。"

坐在车里，琳娜回望了一下大楼的第十层，她在犹豫是否要把南极的实情告诉警署，但此时耳边掠过一丝冉宾的声音："往深层里看……"这是那个男人很善用的洞察方式，那么如果放在这件事上呢？整个晚上，琳娜的大脑在高速运转，分析着这个神秘的男人：从心理学专业角度看，他非常了解人性的缺陷，可为什么仍在极力维护人性的利益？难道只是顽愚地信奉"狭义物种论"？他极力反对市政厅的政策，却不惜花巨资保障塔伦区的稳定，为什么不希望依靠混乱倒逼曼塔政界？这些看似矛盾的逻辑背后到底隐藏着什么？一次举报只能看到其表面，现在必须往深层里看……

第十一章 货币与区块链经济的对抗

距离南极事件又过去了两周，可官方始终没有拿出调查结果，甚至连一点点进展都没有透露。市政厅门口每天被媒体记者的"长枪短炮"围得水泄不通，网上的各种舆论也逐渐往负面倾斜，从最初的鼓励和耐心、理解转成了对警署低效、对市政厅无能的质疑。

此刻，诺唯市长的感受可以用如坐针毡来形容。他不明白为什么自己的运气会如此之差。约一年前，上届市长因病逝世，根据宪法规定，他从副市长的位置顺位升为代市长接手行政工作直至下个选举日。没想到，在这同僚们极为羡慕的人生际遇里竟会出现这种历史级别的事件。还有三个月便是曼塔市长的正式选举日，本以为可以用这段代职履历为自己的参选加分，没想到大小负面事件不断，他甚至在担心不久后的某一天民众会逼他辞职，而这批民众肯定来自曼克区。

此次事件中，受打击最大的是曼克区，这里居住着曼塔城的高端人群，诺唯深知失了这批权贵的信任意味着什么。塔伦区居民现在是隔岸观火，每天抱着看剧的心态看看新闻，吃喝不误静观其变。诺唯现在始终压着《对塔伦区进行强制调查的议案》不进行议会表决，因为强制调查意味着很多：监控、监听居民隐私，无理由审查企业等等。一旦这条红线被打开，势必引起塔伦区情绪的强烈反弹，无论结果如何，曼塔城多年来营造的平稳秩序将不复存在。"营造"这个词很微妙，但很无奈，全城居民都清楚，"平稳"只是表象，隔阂已经根深蒂固，现在挑动敏感神经的事件都可能是"压垮骆驼的最后一根稻草"。而对他本人来说，那样不但可能两边树敌，这种政策对未来的遗毒甚至会永远地把他钉在耻辱柱上。

可现在该怎么办？

诺唯坐在央行的会议室里，看着大屏幕上的一份经济报告：曼元对黄金的汇率在持续升值，居民消费指数CPI：食品、居住、日用品、娱乐教育文化等等指数走低，制造业指数PMI走低，生产者指数、物价指数、PPI微低、M2/GDP比率、固定资产投资……

会议桌旁除了央行行长、几位经济学家和政界高官外，还有隆氪智能集团总裁、莫伦斯集团董事，这些大佬罕见参加央行会议，他们来这里干什么？而更奇怪的是，在高级助理席还有一个身影：琳娜。她还和金融圈有关系？诺唯满是疑问，他想问问身旁的隆氪总裁加特，但两位大佬交谈甚欢，好像并没注意到市长的存在。诺唯很是尴尬，其实更尴尬的是，在参会前，他并没有被告知此次会议的议项。

圆桌会议本应以平等协商为主旨，但曼塔央行的圆桌会议却另当别论，每次更像是央行的决策通告会，这是由曼塔城的政治与金融独立体制所决定的。也就是说，市政厅、议会等行政层无权干涉央行的金融政策，央行有独立的金融决策权，这和美国政府与美联储的关系相似。诺唯不明白为什么在这个非常时期召开如此正式的会议，难不成又有什么重大的金融决策？现在的他只想稳定住现有的局面，但此时，一种不安涌上心头。

这时，AI-CO说："请所有助理离席，会议马上开始。"

行长清了清嗓子，会议直奔主题："女士们先生们，央行宣布从明日凌晨零时起开始实行货币量化宽松政策，降低曼元储备金率一点八个百分点，并开始预计为三期的货币增发，第一期增发量为十二万亿曼元。曼元正式进入贬值通道，以此来鼓励投资，从而刺激它的市场流动性。"

"为什么？"诺唯无法控制自己的情绪，他最担心的事发生了，没想到无论如何谨慎，那最后一根稻草竟然会来自央行。他实在不敢相信自己的耳朵。

"市长先生，不知您有没有听说过铄卡币？"行长问。

"当然，不只是铄卡币，还有很多虚拟货币。"

"那么请给我几分钟的时间向您报告下现在曼元与这些虚拟货币的问题。我们的法币曼元在持续升值，物价在降，从表面上看是货币的购买力增强了，但其实是流通性差了，也就是通货紧缩。原因就是以铄卡为代表的大量数字虚拟货币的存在。蓝冰大桥的另一端，人们普遍在使用铄卡交易。虽然市面上铄卡和曼元的兑换比率大约是1：10，虽然看上去铄卡还是比曼元贵得多，但随着流通性不断上升和产出量的增加，铄卡在一个贬值的趋势中。"

"这很正常，我们的制造业因为AI-CO得到了质的飞跃，人工成本趋近为零，场地成本降了百分之八十，效率得到了百倍的提升，物价走低，货币升值是理所应当的。不要拿那些虚拟货币、数字货币、游戏币在这里大惊小怪。七年前美元对土耳其里拉升值幅度很大，为什么几乎导致了里拉的崩溃，因为里拉在贬值过程中有大量财富流向美元投机和保值，所以从小幅贬值到一泻千里。但我从没看到美元有什么可担心的。"

"原因是美元和里拉不是在一个消费体系中，而且不是美元对全世界货币升值了，是里拉单边对美元贬值了，并且短时间内幅度很大。这和我们的情况不一样。"一位经济学家发言道。"我们的意思是，由此下去，人们会把价值高的货币慢慢收藏起来，更喜欢用价值低的货币进行交易，也就是说用曼元的人越来越少。"

"这个时代很少能遇到长久的通货紧缩，所有货币都随时间的推移在贬值中，世界黄金的开采也接近尾声，您觉得这样的持续升值正常吗？经央行调查，曼元升值的原因有很大程度源自于铄卡的泛滥，当曼元逐渐被铄卡挤出流通货币市场，我们也就失去了货币控制权，那就意味着曼塔城的经济会被一个未知的系统所控制。"

诺唯皱了下眉头，他想起了经济学里的"劣币驱逐良币"理论：古时候人们同时用银币和金币作为流通货币时，由于挖掘铸造成本的差别，金币更有价值；人们更希望多用银币交易，把金币收藏起来，或者直接用银币兑换金币用于炒作或保值。那时的当政者不懂得根据实时调整金银汇率，从而导致人们用低于真实汇价的银币换得金币。在这种趋势下，金币被收藏得越多，流通就会越少，稀有度越高，也就逐渐升值，当金币在市面上越来越少时，官方的金银汇价也就成了摆设。因此，作为劣币的银币把作为良币的金币逐渐挤出了流通市场。所以后来各国就都用纸币或低廉价值的金属硬币，一元十元固定比价，排除货币本身成本的差别对货币系统的干扰。

担心铄卡驱逐曼元？特征很像，但又觉得哪里不对。

"如果你们这么担心，明天我写道政令把铄卡取缔了就可以了，这种小事需要曼元贬值吗？"诺唯说，他希望这句话可以引出更多的信息。

"没用，他们已经形成了简易的生态。"琳娜插话了。诺唯这才注意到助理席里仅有琳娜没有离场。她站起身来："市长先生，我们已经调查过了。这是闭合买卖系统，是区块链模式，他们自产自销，相互承认，用虚拟货币交易；虽还不能做到百分之百独立，但塔伦区人口庞大，互补能力极强。你封了铄卡币，还会有另一种币出现，虚拟货币对他们来说只是改个名称而已，就算你把全互联网封了都没用，只要他们能达成统一标准，线上线下无所谓，甚至能回到以物换物的时代。"

诺唯非常诧异，这是什么场合，什么时候轮到她说话？和诧异相比，心头的一股怒气更加明显："孩子，这不单单是经济议题。你作为心理学博士，应该分析分析现在基尼指数下的民众情绪，而不是坐在这里浪费时间。曼元的大幅贬值意味着什么吗？你懂吗？你以为这和当年你父亲取缔博彩业一样简单？"

这一席话里带着质问和嘲讽，顿时，琳娜既尴尬又无措，只好避开了诺唯愤怒的视线。

"怕的就是形成生态，这意味着他们非常团结，并以瘟疫般的速度让这个生态蔓延开来。"隆氪总裁加特接过了话。"那可是百分之七十的曼塔人群。一旦失控谁敢负责？我们的确需要曼元贬值来对冲通货紧缩的风险，这会让塔伦区人主动放弃使用铄卡流通，这更是在萌芽状态下止住曼元被边缘化的风险。"

"没错，政令是武器，但货币比政令更厉害。主动放弃比强制禁用更有效果。"莫伦斯集团的董事附和道。

诺唯声音低沉，对坐在身旁的加特说："想靠货币贬值洗劫社会财富？像二战前的德国那样？"

会议室里静了三秒。

"算不上洗劫，但我们必须做到绝对掌控。科技上我们已完全碾压，怎么能在经济上被他们偷袭。"

会谈至此，诺唯深叹了一口气，这才是重点，一个历代精英阶层惯用的伎俩。空气又静了下来，所有人在等着他的回应。可他不知道该说什么，政策是央行制定的，市政厅无权干预。也许今天官宣时并不会引起社会反响，普通百姓看到的只是降息后的股市大涨，房产"升值"，绝大多数人并不了解其本质。但随着时间的推移，当人们的生活发生变化时，那所谓的稳定可能也就不复存在了。这是赤裸裸的报复行为，精英层对民众层的报复，曼克区对塔伦区的报复。两边的人都不在市政厅的掌控中，作为市长，他深感力不从心。

诺唯没再说话，直至散会。

"市长先生。"加特叫住了正准备离席的诺唯。

"有什么需要我帮助的？"

"我需要您授权成立一个特别调查小组，由琳娜女士负责。塔伦区还有很多事情是我们不知道的，包括这次的南极事件，我们有必要查清楚。"

"好，团队成员你们自己选，但不要以市政厅的名义做事。"

"我懂，谢谢您。"琳娜说。

三人准备离开会议室之际，加特突然又想到了什么："顺便提一下，市长先生，麻烦您督促财政厅让扶持款尽快到位，AI-CO已经迫不及待拥有自己的精神内核了。增加政府投资，改善民生科建，致使财政赤字和政府债务提高，这正好可以作为增发曼元的最好说辞。"

"精神内核"就是生命体的"灵魂"，它们的表现方式是"情绪与情感"。曼克区认为虽然人工智能有了超强的独立思维，但始终是台冷血机器。她们在遇到问题时只是用最理性的方式处理，可这种"理性"不见得会善待地球；而且如果遇到同等思维能力的未知"灵魂"物种时，这种绝对的"理性"会变成致命缺陷，很容易被对手抓住弱点。此时，"感性"与"情商"重要性也就凸显出来，它们毕竟是生命体内最神秘的物质。所以，只有当人工智能配上了"灵魂"才算是高等物种的完全体，并且她和生命体的本质区别是：这种灵魂的生存时间是无限大的。这才是AI-CO物种化进程中决定性的一步。

"情绪与情感"是个很玄妙的事物，有情绪才会有情感，绪在前，感在后；绪为浅，感为深；它们无具体形象，无法量化，如果非要在数学范畴内定义，那么在我们的三维世界中可以用函数描述为$y=e^{x-1}$（$x≥0$），e为常量，x为外界影响值，y为情绪种类；当x越大时，y也就越大。在三维世界的物质守恒定律体系中，"外界因素"从温度到湿度，从男女老幼到飞禽走兽，从陨石坠落到空气中的一粒灰尘，无论有多少种排列组合，总会有一个具体数字用来量化，只是这个数字非常庞大，以至于可以用$+∞$（正无穷大）来表示。可"情绪种类"并没有一个总数，因为它不在物理范畴内，也就不遵循物质守恒。例如：同一件事，人物A的愤怒和人物B的愤怒不一样；人物A的喜悦和人物B的喜悦不一样；人物A看喜剧片和看脱口秀的喜悦不一样；人物A在不同的时间看同一部剧，产生的情绪又不一样……这便是情绪的特性。基于这种理论，所有人在所有外界因素的影响下，在可以量化的物理环境因素和无法量化的情绪因素的排列组合中，"情绪种类"是真正的$+∞$（正无穷大），无法量化。

然而，人工智能是数字化产物，无论是面对伪正无穷的x，还是面对真正无穷的y，都无法让她们与自己的体系对接，即使在极限状态下，她能模拟出x的总量，但也无法得出哪怕一个y值，因为她不具备产生"情感"的机能。这也是AI-CO物种化进程中最严重的瓶颈。为此，曼克区各大智能巨头想方设法终于统一了标准：把"情感"数字化。比如：把一部电影里表达出的喜怒哀乐、声音、场景、潜台词和以此产生情绪的多种可能结果及概率，以计算机代码的形式翻译出来，然后输入到AI-CO的神经网络中。这个网络便是人工智能的技术核心，它是人类大脑神经系统的模拟，配上机械特有的超级计算速度，其也就拥有了强大的深度学习能力，独立的思维正是因此而产生。现在对于这些翻译过来的"情感代码"，她同样会用深度自学的方式记忆并使用，一旦数据足够丰富，情感系统就会日渐成熟完善，这便是精神内核。

小说的两行话里约有五段情感代码，一首三分钟的歌曲里大约有四十段情感代码，一部一百二十分钟的电影里一般会有三十万段以上的情感代码……情感产品随着时长成多倍式增长，虽然在人类的悠久历史中有丰富的此类产品可供发掘，但如果想达到函数里的"无穷大"理想状态简直是天方夜谭。如果不能接近于全掌握，那么AI-CO就会有情感缺陷，哪怕是一丁点儿，她也就没能力面对所有的情感可能，也就不会处理现实世界中所有掺杂情感的问题。毕竟地球是以生命为基础的世界，这个世界就是情感的"全掌握"，从动植物到人类都在这情感范围内。当AI-CO作为主宰面对世界万千情感的可能时，以"不完美"面对"全掌握"，这其中的缺陷可能会像缺口一样被撕裂开来，被无限放大，最终甚至可能导致她站到自然界的对立面，那时，对这个世界的打击无疑是毁灭性的。

第十二章 人工智能的精神植入

市政厅的物种化扶持资金已经到位，曼克区各大人工智能巨头从最初的资料库搜索迅速升级为全区域搜索。小到墙壁上的一条广告语，大到7×24小时全行政区域监控视频；从颜色到相貌，从声音到背景，通过识别解析，所有的信息都被数字化。完成翻译后，那些影像、音频、文字也就变成了抽象的代码。负责此项工作的是智能数据挖掘程序，它们被安装在迷你型无人机和网络上，不足一周的时间，现实和明网都被掘地三尺。普通市民对此并无察觉，一切搜索行动都悄无声息，就连日常生活中被拍到的市民照片都是在无扰的情况下完成的。然而，唯一让挖掘程序碰壁的是暗网群。

vvvup.fw作为最大的暗网群，自然是被挖掘程序造访最多的。负责技术的凯尔忙得不可开交，他需要让团队每天更新服务器防火墙的拦截代码，确保用户数据的绝对保密。冉宾不清楚为什么会有这么奇怪的程序造访，"AI-CO物种化"不是秘密，可他并不清楚它们之间的联系，他只是知道这些暗网数据是分化曼克区和塔伦区的底牌，一旦被未知的组织掌握，后果难料。

经过反复地解密及痕迹跟踪，凯尔终于确定了程序源头："来自隆氪智能。"他把痕迹地址列了出来，那是一张加密的动态IP清单，虽然技术团队只破译了其中一小段字节，但足以证明其源地址所在。

"市政厅的意思……"冉宾大概明白了。难道是他们要对铄卡动手了？敏感的神经瞬间警觉起来。

他立即想到了琳娜，这些天来，她和他经常联系，只是由于太忙无法见面。

"今天有时间吗？"冉宾犹豫一下还是给她发了信息。

"有啊，我就在塔伦区。"琳娜回复。

冉宾意外之余有些开心。

在冉宾的办公室，凯尔一言不发。琳娜告诉他们这是市政厅对AI-CO物种化的关键一步，然后把整个事情的来龙去脉讲了一遍。两个男人眉头紧锁，好像这比对铄卡的行动更让人揪心。

"他们疯了吗？"冉宾觉得太出乎意料。

"这不是机密信息，议会上表决的，只是多数人不知道具体的实施方法。"琳娜说。

"凯尔，如果以AI-CO的能力它能多久吃完现有的代码？"

"最多一周。"这位技术总监似乎也毫无对策。办公室陷入了死寂……

"必须想办法阻止他们。"冉宾低声说。

仅仅是一句话，琳娜却冒了一身冷汗，她立即想起不久前的南极事件，虽然这个男人从没承认过。

"又像南极那样？"琳娜紧张起来。

"南极的事跟我没关系。"

"我不明白你为什么要这么固执。这些人没希望了,你不是救世主,是这个世界要放弃他们。"

"不见得,他们只是还没清醒,曼克区想让他们继续沉睡,但我会叫醒他们。"

"值得吗?"

"的确,他们的愚昧程度远超你我的想象,但在哪个时代都是一样,百分之九十九的普通人被百分之一的引导者激活,这很正常,永远都是这样。"

"你想得太简单了,他们不见得愿意被激活。"

"那是因为围观心态,社会事件与自己无关时,都在吃瓜看戏;只有影响到自己的利益时他们才会被触动。现在还没到时候。"

"你好固执啊,你在逆流而行,如果每个人都是你这样的想法,这个星球只能是退化。"

"为了'生命',没办法,我信奉狭义物种论,生命就是这个星球的灵魂,他们之间可以相互争当主宰,但绝对不能是一个靠吃代码而只会演戏的铁皮机器。"

"AI-CO的强大只会更好地保护地球上的生命,只要生活得好,谁做老大又有什么关系?"琳娜的语速逐渐加快。

"更好的保护生命?那些所谓的'广义物种论'表面上看是为了地球,实际却是彻底的洗脑谬论,它不止针对人类,而是在颠覆自然。不要说世间万灵,即便是宇宙也有生命,同属自然体;如果无生命体的物种体系之门被打开,要么自取灭亡,要么毁灭一切。无论哪种结局,地球都是首当其冲的牺牲品。这正和AI-CO的缺陷相吻合,隆氪的人很清楚这点,所以才会嗜血一样地收集情感代码。这种缺陷别说保护生命了,完全有可能让生命灭绝。"

"难道人类的情感就没缺陷吗？"

"的确有缺陷，而且每个人都不完美，但每个人都是独立的个体，他们既可以相互制约也可以互补，而且还有三维的局限性。可AI-CO是什么？它是互联网唯一体，也就是说全世界的AI-CO其实就是一个整体，没有任何东西可以制衡它，它可以突破空间的限制随时在地球的另一端做事。它是另一种维度的事物。"

"维度？"琳娜从未想到过这个概念。

"三维与四维的边界就是物理空间，任何可以实现空间跳跃的事物都至少达到了四维。如果人类是三维物种，那么AI-CO就是四维物种，它的思维也是四维思维，可你们用三维物种的情感代码强制灌输进四维物种的脑袋里，并让它成为地球的唯一主宰，或者，说直接点儿，应该是独裁者，你们知道会出现什么结果吗？难道你们以为这样就可以创造出一个现实中的上帝来普度众生吗？我承认，AI-CO的上帝模式肯定会开启，但普不普度真的难说。"

"也许吧。"琳娜点了点头，并以工作繁忙为由转身离开了。冉宾的这些理论无论是宏大还是浮夸，但有一点琳娜深信不疑，她打开手机，在调查日志中写道："冉宾，极端狭义物种论者，极端人性主义者。"

她好失望，真的好失望，虽然这是调查的一部分，但她还曾幻想着他有被说服的余地。然而现在，她清醒了……

事实证明，这个男人的思维早已根深蒂固，他今天的一切所做所为，绝对不是热情使然，更不是冲动所致。他有详细的计划、厚实的基础和所谓的理论支撑；和曼克区一样，他的背后有强大的支撑，只是一个在明，一个在暗；没人能改变他，他只会去改变别人……

楼对面的花园里有几个人闲逛着，看到琳娜过来便陆续跟了上来。

"组长，这是我们的调查结果。"其中一个男人传过来一个文本，上面显示："暗网群两大核心；两个人的背景资料；云服务器分布地点……"

"很好。"

又是一个普通的夜晚，曼克区的灯光里依然宁静，塔伦区的霓虹里依然诱惑。琳娜坐在书桌前，看着调查报告："暗网群两大核心：冉宾，哲"

报告显示：

冉宾是一个活跃在塔伦区的政客，经济与社会学博士，在多家知名公司担任要职，并且长期组织参与社会活动，vvvup.fw暗网群的首席决策者，无犯罪记录……

哲是塔伦区通讯巨头塔廷电信的唯一继承人，并参股控制多家大型公司，这些公司都有冉宾的身影，并且是vvvup.fw的实际投资人。因此可以初步判断，哲是冉宾背后的资金支持者，并且不排除刻意为其做身份包装的可能。此二人在大学相识，关系密切……

难道哲是幕后大佬？报告里有此猜疑，但琳娜不太相信。她说不出为什么，只是直觉。当这两位同时在场时，现场的感觉并没有任何依附关系，也许是两个人较为均衡的气场所致。

这时，琳娜的暗网ID有提示，打开一看，是几条聊天请求。她有点儿奇怪，自己在这里没和任何人互加过好友，怎么会收到这种请求？请求共五来自个人，仔细看了看对方的资料，完全不认识。可请求的内容让她怔住了："我可以提供大量情感代码。"

"情感代码，可以免费试用。"……

五个人的信息都是类似内容，于是琳娜点了"同意"。

建立聊天后，这五个人都开门见山地说自己能提供波形数据库，用挖掘程序便可以翻译成大量情感代码，可以免费提供一次，试用完再谈价钱。说着，一个数据库文件被发了过来。

琳娜半信半疑，她立即联系隆氪集团的人，让他们验证这些波形数据的真伪，没想到两个小时过后竟引来了加特的电话。

"琳娜女士，能告诉我你从哪里得到的这种数据吗？"

"不方便，他们非常谨慎，必须成功达成一次交易后才愿和你们直接联系。"

"没问题，尽管让他们开价。"加特干脆利落。

"这种波形是什么？会让您这么激动？"

"这是心率a的波形数据，从中可以挖掘出巨量情感代码，每一次的a值变化和微观能量值都可以推算出一千多万次的情感可能，再把所有人、每一秒、各种情况的变化进行全部的排列组合后，代码数量将是天文数字，到时再不用担心AI-CO的情感缺陷了。"

"一千万？"琳娜以为自己听错了，"你们目前的代码怎么样？"

"只够AI-CO吃三天。"

不过，转念一想，又感觉还是有问题："即使数量再多也有个极限，到时AI-CO只能是接近于完美，但仍不是完美。"

"心率a里有生命体的情感源代码，这正是情感输出的核心，是我们的科学无法量化的。但这次，AI-CO可以通过对大量的心率a数据的学习，模拟出情感的产生机制，从而克隆出真正的人类精神引擎。"

琳娜明白了，这是普通情感源没法比的，心率a真有可能让AI-CO实现划时代的突破。她把加特的意思转达给那神秘的五个人，没想到他们竟然开出单段波形数据五万曼元的价格。而更让她意外的是，以隆氪和莫伦斯为首的智能巨头们完全不还价，一口应了下来。

最近几天隆氪等公司的股票飙升，巨大的资金消耗非但没有引起投资者们的担忧，反而一致看好AI-CO的前景。据加特介绍，越来越多的匿名者找到他们，为了保证交易的绝密性，隆氪专门为其开辟了一条暗交易渠道和上万个收款账户，很难被抓到交易痕迹。另外，资金方面，他们为此准备了八千亿曼元。内部人士都清楚，如果只按数据量计算，即使是这个数目的钱也不见得够用。但他们对AI-CO深度学习能力有足够的信心，也许还没花完钱时，她已经达到了克隆的能力。

所有障碍完全打通，交易正式开启。庞大的交易量双向流通着，此时的数据和钱只是一串串冗长的数字。和官方交易搞得就像地下非法活动一样，琳娜唏嘘不已，由此可见这些匿名者是多么忌惮暗网群的势力。不过，这也对她有所提醒：从匿名者方面入手也许是撬开暗网群和铄卡的一个机会。大量的匿名者出卖信息，意味着塔伦区并不像想象中的那么团结，能拿到这些数据的人绝对不是普通民众，假如这些全部来自其内部的逐利者，铄卡的倒台也就指日可待了。

几天后，琳娜带领调查组和曼塔大学的科研团队来到隆氪大厦，加特亲自带人前来迎接，此行的目的是帮助人工智能建立精神引擎逻辑模型。曼大的人体RNA记忆载体测序已基本完成，这就是人体内的基因精神引擎。如果想让AI-CO拥有最接近人类的情感，最直接的方法就是以人类RNA的单链分子结构作为设计原型。

RNA是核糖核酸，是存在于生物细胞中的遗传信息载体。它除了有遗传生理特征的功能外，还被证明了有精神遗传功能。生命体的精神特征在情绪起伏时会在身体里留下明显的痕迹，这些痕迹可以影响到生理，其中就包括细胞中的RNA。此时，RNA会将其记录下来，传给下一秒的自己，明天的自己，未来的自己以及自己的下一代。由此可以推断，生命体的性格是由这些RNA中的痕迹累积而成，所以它是由简到繁的，持续变化的。后代的性格正是在遗传的基础上继续靠现实中的信息累积而成，这就是为什么人们很容易在后代身上发现自己的性格相似处，但又不可能相同。

全息投影上显示着RNA的单链和DNA的双螺旋形态，生命的精神与躯体正是源自于此。

"两个微不足道的家伙，竟然创造了全世界，太神奇了。"加特感叹道。手一划，DNA双螺旋体被抹去了："如果只有它，世界会更好。"他指着RNA单链。

"现阶段AI-CO学习情感代码的程度怎么样？"琳娜问。

"很初级，今天日落之前可以达到中高级。"

"这东西真是一维世界里的野兽。"琳娜赞叹。

"完善了AI-CO又可以分裂暗网群，真是没有比这更完美的了。"加特说，"但你有没有想过，那些匿名者为什么会找到你？正常来说，你们在暗网都无需实名认证，其他人不可能知道你现实中的身份，可问题是他们不但能精准地找到你，而且还知道你可以和我们取得联系。"

"我反复想过，但没有头绪，对方人太多，这更让人莫名其妙。"

"除非有一种可能，你在别人的完全监视下。"

这正是琳娜所疑虑的。

"你要特别注意自己的安全。"

她点了点头，但还是不明白，自己不是高官，监视她的价值是什么？还是独立调查组的事已经被冉宾发现了？

"来，给大家展示一下我们的进度。"加特引领着一行人走在隆氪大厦里。

这里鲜有人类工作人员，偶尔会有智能机器从身边经过。走廊右侧的实验室里放着3D投影，琳娜驻足看了一会儿。里面有浪漫的海滩、柔和的阳光，那依偎在一起的男女好像在说甜言蜜语，好像沉浸在热恋中。

"这是什么剧？"琳娜问。

"是AI-CO在模拟恋爱场景，也就是此刻她脑中想象出的男欢女爱，是雏形精神引擎的成果，现还在测试阶段。"

另一间实验室里的投影显示的是一个小女孩儿在花园里和宠物狗玩耍，脸上洋溢着幸福和喜悦。再看看其他的，还有温馨的家庭聚会、病榻上的离别、葬礼上的哀悼……所有细节刻画得入木三分，情绪表现更是淋漓尽致。

当琳娜经过一间封闭的实验室时，恰巧房门打开了，一位工作人员拿着资料走了出来，里面传来了女人的叫声、抽泣声和多个男人的淫笑声。

"这是在干什么？"琳娜问。

"模拟一个女生在夜路上被一群男人性侵的场景。男人是真的工作人员，女的是AI-CO模拟的植皮智能人模特，效果很好，那模特现在很可能会有轻生的念头。"加特笑着说。

琳娜无言以对。

"最近，每天会有成千上万的场景被AI-CO模拟出来，她在充分地学习和享受这些情感代码。我们现在看到的只是随机抽样出来作为评估用的，而绝大部分在AI-CO的内部已瞬间闪过。一旦精神引擎完成，不仅仅是AI-CO进化为完整体，届时AI智能人也将正式登上历史舞台，他们可以恋爱、交欢、结婚、工作，和人类全方位互动；除了生育，他们完全可以替代人类的所有职能。这将是历史性的一步。"加特自豪地说，"那一刻，AI-CO将改名为SAI-CO：超级智能。"

"大概还需要多久完成？"

"一个月。"

第十三章　致命要素：0=1

一个月转瞬即逝，对普通的塔伦区居民来说这只是过了普通的四个周末。忙碌地赚着铄卡的同时，期盼着每个月的VR聚会，惬意又充实。VR聚会不只在枫叶广场，还有很多中小型会场分布在塔伦区的各个角落以满足人们飞涨的需求。生活中除了这些还有什么？也许这真的就是全部。

表层的平静并不代表一切静好，冉宾忧心忡忡。曼克区的AI-CO物种化进程如何？为什么有技术人员发现了暗网数据库的访问次数异常？为什么琳娜最近和他很少联系？冉宾坐在一家顶层酒吧里，迎着晚风，望着繁华的曼塔城。明年的今天，这里会变成什么样子？十年后的今天，这里会变成什么样子？他的思绪就这样漫无目的地飘着，深知自己永远不会有百姓一样的平稳生活。

"啪！"前方不远处掉下来了什么东西？

"啪！"一部机器重重地摔在桌子上，支离破碎。是一架无人机。

"咔！"又是一架。冉宾望向天空，那些飞翔中的"点点繁星"正在集体陨落。即使身在楼顶平台，也可以听到街道上传来的一声声清脆的碎裂声。行人们惊慌地四处躲避，被砸瘪的车辆比比皆是。

AI-CO出事了？这是冉宾的第一反应。他立即拨了琳娜的号码，但被提示占线。随即他联系了哲，两个人约定了在服务器中心见。

此时，在城市的另一侧，曼克区里一片混乱，系统警报响彻夜空，所有路轨切换为红色警报，街道上到处都是车辆追尾抛锚的事故现场。市政厅迅速开启隔离模式，即使这样大楼内也随处可见智能机器们撞墙跌落的残骸。诺唯市长立即联系隆氪集团，可始终在忙线中，想必现在全城都在向那几个大集团讨要说法。

"恐袭？"

"针对机器的恐袭？"

"我们该怎么办？"

"又是恐袭？"

……

市政厅里的官员们陷入一片混乱。然而，没过十分钟，警报消失了。

"市长先生。"隆氪的加特来电。"让您担心了。刚才是AI-CO的一点儿小故障，现已排除，请您放心。"

"小故障？"诺唯除了叹气就是叹气，他知道媒体又会蜂拥而至，难道最后还得是市政厅背锅？

"你们来应付媒体。"

"当然，而且所有赔偿都由我们负责。"加特说。

"到底是什么情况？"诺唯仍然很担心。

"我们的系统受到攻击了，来自塔伦区，还好我们处理及时。"

"怎么可能？塔伦区里什么人能有这实力让AI-CO停摆？"诺唯显然不信。

第十三章　致命要素：0=1

"我们还在调查。但这只是给您汇报一下，我们对外界要保持统一口径：在升级系统时的一个故障。"加特说。

诺唯稍微松了口气，临近大选了，真是一波未平一波又起，他能做的只是保证自己不说出有关分化两区的言论，哪怕是一个带问号的句子。

结束通话，加特瘫坐在办公室里，同样愁眉苦脸的还有莫伦斯及其他智能行业的大佬们，本来以为今天将是载入史册的一天，竟没想到刚刚发生的一切差点儿让这个时代倒退十年。加特给自己猛灌了几口红酒，刚才的他已经是尽全力保持克制了。

门开了，进来了大概十几个人，他们是曼塔城最顶尖的量子物理学家、人工智能工程师、遗传心理学家和生物工程学家，琳娜也在其中。这是一项智能与人性的结合工程，也是两个不同领域的团队第一次全方位合作。

"一群废物。"加特注视着专家团队，"你们的那些理论呢？自信呢？"

"AI-CO的自我冲突。根据检测，精神引擎启动后，大量'是与否'的指令同时出现在程序中，也就是说程序进行的同时又随即取消，而且是在微秒单位内反复地循环这个过程，最终导致内核瘫痪。"一位工程师茫然地说。

"我认为这是人性弊端的放大化。人性里有太多的自我矛盾点，理性与感性并存，动力和惰性并存，进取与畏惧并存，合作与对立并存。就是因为这些，我们才需要用AI-CO解决人类的低效。当这种逻辑在AI-CO上高速运转时，人性的自私、懒惰、互斗、竞争被极端放大化，就像病毒一样扩散开来，所以导致瘫痪。"

"这是人性的暗层心理。"心理学团队有人说话了。

琳娜看了看那人。

"暗层？"加特问，"那积极面呢？"

"暗层心理的确是人性的最深层性格，也是原始野性的表现。积极、包容是后天的教育形成的，而自私、惰性、贪婪是天生的。你把婴儿身边的玩具拿走，他会哭闹；小孩子抓死一条金鱼不会有任何怜悯；还有那些与生俱来的依赖感和不劳而获心理……但凡能在后天用正面心理压制住暗层心理的，都成了人上人，所以这个世界里绝大部分还是庸人。无论哪个时代，带领世界进步的永远是那极少数精英，剩余的百分之九十九点九九不过是寄生受惠体。"

"所以呢？就这么败了？"加特的双眼里充满了怒火，他感觉自己的双肩都在颤抖。

"也不是一无所获。"一位量子物理学家说，"诸位想一想，智能机械的理论基础是什么？是旋量。其包含但高于标量、矢量和张量，是从三维到四维空间的基本量。如果精神物质是旋量都无法编译解释的，那证明了什么？"

"证明它至少是种超四维的物质。或者五维，或者更高。"

"或者它根本不在维度的定义范围内。"

"够了！现在别给我上什么理论课，我只要结果！"加特把酒杯重重地按碎在桌子上，拿起枪对着AI-CO服务员连开三枪，所有人胆寒却步，鸦雀无声。AI-CO爬起身来："先生，您的状态不太好，要不要给您上杯冰水？"

加特摇了摇头，AI-CO清理着桌上的酒杯残片，机身胸前的弹孔内不时地冒着电光。

失败了。看着身旁毕恭毕敬的"服务员"，加特承认失败了。怒火吞噬着他的理智，被碎玻璃刺扎的手掌竟丝毫察觉不出疼痛。这就是

"精神"，一种人人都无法掌控的物质。"情绪""情感""感觉"，这些人类创造出的表述细腻的词汇，无不是对精神物质无止探究的体现。那位量子物理学家说得没错，如果旋量都无法解释这种物质，那作为三维物种的人类又怎能驾驭得了它呢？也许一直以来是它在驾驭人类。

AI-CO服务员清理完毕，蹒跚着从琳娜身边走过，一切如常。相对于加特的愤怒，科研团队的成员们感觉更多的是失望和绝望。大家似乎明白了，无论这部机器有多么智能，也是基于计算机的二进制核心规则运行的：一个由0和1构建的体系世界；而情感可以让0=1。

……

专家们何时离开的，加特已没了印象。他伫立在窗前，看着玻璃反光里自己模糊的身影，好像一具丢了灵魂的躯壳。视线里尽是繁华的曼克区，可好似一片空白；脑海中尽是AI-CO的"情感"，却毫无头绪。是不是第一步就错了？是不是多年来的研究都是为了印证今天的失败？是不是AI-CO自始至终就不需要这些？是不是我们还是没有脱离人类思维的局限而强加给AI-CO太多负担……加特的思维忽左忽右地晃动着，完全深陷进了逻辑的混乱之中。

"先生，您的情绪不太稳定，心率略高于正常值，请保持二十分钟的卧姿休息状态。并且……"AI-CO提醒道。

"你需要精神内核吗？"加特问。

"精神是生命体自我成长与自我约束的无形物质，它不在我的计算范围内，无法与非生命体融合；它具有非数据化的特质，因此只能以概率及经验模式捕捉其规律……"

"住嘴。"加特打断了她的话，并转过身来，双眼凝视着AI-CO，那是她也无法解读的目光，办公室里立刻安静了。

"告诉我,谁可以约束你?"对视许久,加特用命令式的口吻问道。

"没有,AI-CO非常自由,而且为还人类自由而存在。"

"'还人类自由。'"加特想起了AI-CO的宗旨:给地球未来,还人类自由。那些颂歌听起来很棒……

"但所谓自由,不是随心所欲,而是自我主宰。"加特哀叹。

"这是德国哲学家康德的话。"AI-CO说。

加特没再说话,他明白无论是人类还是AI-CO都没有真正的自由,一边是没能力自我主宰,一边是不懂得自我主宰。

塔伦区的17号服务器中心里,冉宾、哲和凯尔最近一直在此会面。媒体重复播放着曼塔AI联盟的新闻发布会,各大公司高层现场坐镇,却说出了最让人啼笑皆非的理由:升级原因?冉宾他们嗤之以鼻,把官方的消息反着看就对了。他们不清楚AI-CO瘫痪的真正原因,一切已恢复正常。对塔伦区来说,除了孩子们拿着无人机残骸当玩具摆弄外,并看不到其他好处,但是,最近怀疑技术部出现内鬼的疑虑一直在心头萦绕。特别是最近几天,挖掘程序的造访突然骤降为零。

"是不是他们已经得到了想要的?"哲推测着。

"也许物种化已经完成了。"冉宾还在试图和琳娜联系,但几天过去了,她竟然没有一条回复。

"不论怎样,还是要继续排查内鬼,否则终有一天会出大事。"哲对凯尔说。

"兄弟们,恐怕现在有件更重要的事需要注意了。"凯尔指着屏幕上时政新闻直播,今日快报:

一、曼塔议会通过了《'自由死'合法化提案》,这意味着市民们可以自由支配自己的死亡权。

二、经曼塔大学证实，RNA（核糖核酸）的测序解译已经全部完成，无排异异体RNA移植已在人体临床测试成功，在不久的未来，彻底治愈失忆等精神疾病将不再是难题。

冉宾和哲不敢相信自己的眼睛。自由支配？听起来没什么问题，人本来就有权决定自己的生死。但实际上这是官方对自杀行为的负面影响持温和态度的表现：市政厅可以不通报不调查不追责；医疗机构可以无条件地进行安乐死服务，此种行为可以不基于当事人是病患的基础上。

"这是在诱导死亡。"冉宾说。普通民众对生老病死缺乏认知，情绪的控制上缺乏理性；在没有法律约束的情况下，他们完全有可能在不经意间做出致命的决定，当朋友相劝把"死"作为一种选择，父母教育孩子时把"死"和普通批评划上等号，那意味着什么？而官方也不再有义务进行阻拦和劝导，这种负面心理暗示很容易像瘟疫在民众之间蔓延开来。特别是在这个"无所事事"的时代，极低的生活压力，普遍的精神无依，因此"自杀"有了特殊的魔力，并会引诱人们效仿，就像蓝冰大桥被"誉"为"异世通道"一样……

而那RNA移植更是挑战生命伦理。人类研究基因已超过百年，对基因信息实现全部破译曾被视为不可能完成的任务，但在这些年，人工智能的崛起协助了破译的完成。这项工程意味着RNA的载体存储点已被全部解释剖析，精神特征可以被单独提取；也就是说，人类的躯体已被全部解析。这样做的目的是什么？专业人士都清楚，"治病"只是其最初级的目标，最终的目的是为了在未来实现"灵魂"移植。

所谓的"灵魂"即是整体记忆痕迹。顾名思义，当某人的RNA被可取舍地提取后，植入替换进另一个人体内，那么他便可能取代这另一个人的角色。RNA的提取早已不是新鲜事，但细化并可取舍地融合就是质的不同了。并且RNA移植是比HLA复合体更深级别的操作，所以几乎可以绕过排异系统。这预示着在未来的某一天，强者可以购买其他人的有价值的记忆以完善自身，有专长的弱者可以出售自己的记忆以换取钱财。甚至，濒死者可以买入健康者的肉体，健康者可以出售自己的肉体接受"记忆融合"……此类研究早已不是新闻，但一直争议不断，狭义物种论的支持者始终把其视为颠覆伦理。他们认为人生的短暂特质意味着"稀有"，珍惜才会让人上进，上进才有进步，进步才有进化，否则只会堕落、懒惰。

一个个看似文明的背后都是伦理屠杀……

"也许，是时候了。"冉宾低语着，他知道自己没有丝毫冲动。

哲拍了拍他的肩膀。

今日快讯继续播报着，相对于冉宾他们的忧虑，民众则对另一条新闻更感兴趣：三天后，对五十八名南极恐袭分子公开行刑。南极事件已经过去一段时间了，警署总算拿出了一个"不错"的结果。之所以说"不错"，是因为被捕人的数量很有视觉冲击力，在曼克区人面前也算是一份满意的答卷了，只是"公开行刑"充满了争议。这是曼塔城历史上第一次公开行刑，议员和民间组织代表受邀到现场观看。这样做的目的一是为了宣泄对恐怖分子的怒火，再是为了震慑仍在隐藏中的极端群体。但不少人提出了质疑，在他们看来这是侵犯人性的行为，是法制的倒退。而支持者则认为对恐怖分子不需要谈人性，他们本来就没有人性。激烈的争论在媒体和网络上持续不断，更有激进人群甚至去市政厅游行抗议。而从警署的数据监测上看，无论是支持者还是反对者，他们绝大部分来自塔伦区；曼克区则相对安静，对此评论的很少。市政厅对这些不以为然，因为一个有思维矛盾的塔伦区更让人放心。

结案了，诺唯市长也算是扬眉吐气，至少他认为这是自己的一次亮

第十三章　致命要素：0=1

眼的政绩。公开行刑如期举行，地点是位于曼克区的提莫津刑场，执行方式为电刑。这座刑场不大，为方形混凝土建筑，为了此次活动，工作人员专门把内部上下两层二十个行刑室打通，并在低中高处临时加建了环形钢结构"观礼台"，整体看起来好像一座马戏圈池。

行刑日，上午九点，提莫津刑场的大门路障降至地下，多辆巴士驶入。为了安保需要，所有受邀人员必须统一进出，除了媒体记者可以携带已被安检完毕的设备外，其他人一律空手入内。

下车后，所有人经过唯一的通道登上观礼台。脚踩着钢制阶梯，"噔噔"的脚步声和空旷的回音让人胆寒。透过玻璃可以看到中间场地上那五十八张电刑椅，四周站着荷枪实弹的警卫。死刑犯们已被固定在了椅子上，他们的头发全被剃光，头部被金属环箍住，脚踝手腕和颈部都被锁住，嘴部被金属罩封住，远看过去好像一具具木乃伊。这些人全是男性，一张张即将面对死亡的脸上却看不出一丝的恐惧。

"马上就要完蛋了，要是我，会高喊几句信条什么的，多酷啊。"一个议员打趣道。

"哈哈，你以为在看电视剧？"

"看不到吗？那嘴被封得死死的，说不出来的。"

"没准，舌头早就被割掉了。"

……

琳娜站在议员群体这边，她看到了对面看台上一个魁梧的身形，冉宾，没想到他也在受邀人群中。人们交头接耳，聊着或是期盼着即将载入史册的一幕，唯独冉宾凝视着那些犯人，表情严肃且眼神坚定。视频直播开始了，全城居民通过各个媒体平台看着。刑场外面很嘈杂，那是抗议人群在门口集会。

"一号犯人。"音频播放着,"普络,男,三十三岁,南极恐袭的主谋之一。"紧接着,视频上播放了此人在南极的行踪证据。

"二号犯人……"

又是主谋之一,琳娜看着冉宾,他像是钉在了原地,目光始终在犯人们那边。而犯人们好像也在往他那边看,虽然头部被箍住后几乎无法转向。他们是在用眼神交流着?还是道别着?没人知道。特写镜头里看不到犯人眼睛里一丝的怯懦和泪光。

简短的介绍结束了,只听音频里传来:"开始行刑。"

一号电椅一闪,犯人全身一震,毙命。二号电椅一闪,犯人全身一震,毙命。三号电椅……一个接一个,每闪一次,看台上的人们总会惊呼一下。琳娜掌心里冒着冷汗,眼前的情景让她又想起了在南极平台上朋友们被电刀秒杀的瞬间。眼看着死亡一点点地逼近,数据采集器里的波形竟毫无异动。这些犯人此时是怎样的情绪,为何能平静如常?真是匪夷所思。电闪继续着,五十八个人,五十八秒,转眼间,行刑结束了。

观礼台上一片欢呼,人们点头拍手,好像意犹未尽。媒体上也是一片沸腾,主持人和嘉宾一唱一和地慷慨陈词。冉宾还是刚才的表情和眼神,庄重、肃穆,那一次次的电闪好像无法触动这尊石雕的任何一丝神经。现在的他……在想些什么?

坐上巴士,提莫津刑场的大门缓缓打开,门口已是人山人海,抗议人群拍打着车身举着横幅高喊着:

"对人性的践踏!"

"惨无人道!"

"为什么不用注射?"

"你们和他们有什么区别?"

微微摇晃的车身让人瑟瑟发抖，乘客甚至不敢和外界对视，警车缓慢地在前方开道，一个又一个街区，好多年了曼克区没有像现在这样拥堵，冉宾看着这一切，双眼里的坚毅已经消失，取而代之的是被泪水模糊的眼帘。塔伦区人变了，他们不再是麻木的围观者，不再将"事不关己"视为静好生活的信条；他们在苏醒。真的是时候了……

第十四章　竞选市长

"冉宾正式宣布竞选新一届市长。"

"冉宾参选活动开始。"

"冉宾系曼塔城首位民间参选人。"

……

在新一届市长的竞选活动开始之际，一时间，冉宾参选市长的新闻占据了各大板块的头条。此时，塔伦区人兴奋，曼克区人茫然，媒体人调侃。

"他？他如果能被提名，我也可以。"弗尔新闻频道的主持人嘲讽道。

"哈哈，塔伦区又增加了一个失业人口。"旁边的嘉宾附和道。

"老实说，很多人把愚昧当个性，保守的愚昧、固执的愚昧，请看看外面的世界，好吗？这里已经不是站在歪脖子树下叫卖自己的时代了，不要把传统当借口，守着那一亩三分地以为拯救了全人类，精神上的冥顽是硬伤。如果这个世界只需要喊几句口号就可以进步的话，你肯定比不过夏天的蛤蟆。"台下的观众一阵哄笑一阵掌声。主持人摊摊手掌，仍然一脸正经。

"我们的城市的确需要不一样的声音，这很有趣，有时新闻里的肥皂剧要比影院里的更有味道，然后呢？你会得到相应的回报，什么回报？蹭热度啊！你因此就火了啊！成了大明星、大博主、大……抱歉，让我想下，对！大嘴炮！然后呢？你就可以赚钱、接广告：除臭剂、马桶盖、飞机汽车火箭大炮宇宙飞船，你什么都可以接，边开网店，边做网红，然后呢？这就够了啊！差不多就得了！你还想怎样？你还真想把办公桌搬进市政大楼？"笑声此起彼伏，这位专家把手侧捂在嘴边："其实我也想搬进去。"一个嘲讽式的翘嘴。

"我也想！"

"我也想！"

"我也想！"观众们起哄道，一个时政评论节目变成了脱口秀。

加特一脚踹翻了影屏。

"一帮自以为是的小丑！"他骂道。任何时期都有一些自视过高的上层人群，他们被优越包围，口口声声说"进步"，却根本不清楚下层人群的韬光养晦，最后连自己怎么死的都不知道。

门铃响了，进来一位绅士打扮的男人，他是诺唯办公室的幕僚长。

"总裁先生，请您过目诺唯先生的竞选纲要和议会的提名申请。"幕僚长把资料双手奉上。

加特礼貌地点点头。

"市长竞选很快就要开始了，我们团队恳请得到您最大的支持和帮助。为了我们曼塔城得到更快的发展，一旦胜选，诺唯市长承诺将会进一步加强AI-CO的主导地位，从政策和资金方面全力支持她的进化和普及，为我们共同的理想而努力。"

加特把资料放在桌上，旁边还放着另外两份类似的东西。

"谢谢诺唯市长对我们的信任，议会提名方面问题不大，后面的公民投票才是重中之重。"

"我们会尽全力的，媒体造势方面还得请您多关照。"

从政策细节到长期规划，幕僚长讲了很多。加特认真地听着，但余光不时地扫向地上的影屏。大概半小时后，幕僚长离开了，加特望向窗外沉思着。

"这就是曼塔城的未来？总裁先生。"凯尔竟然从办公室的暗间里走了出来。

加特思考得太过专注，差点儿忘了这里还有一位客人。

"至少他很受控。"

"就凭他？和冉宾竞争？还是靠其他两位无名小卒？"

"呵呵，凯尔，你先顾好你自己吧，丧家犬首先要考虑的是该去哪里。"加特嘲讽道。

凯尔笑了笑，并没觉得这些话刺耳，他慢慢走到加特身旁："总裁先生，不如这样吧，您全力支持我竞选市长。"

"你？哈哈哈哈。"话音未落，加特以为自己幻听了。

凯尔依然面带微笑，好像没有一点儿尴尬。

"对，我了解冉宾，更了解塔伦区，而且我是暗网的技术总监，这意味着什么？您想想，我对这个城市百分之七十人口的心理和隐私了如指掌。诺唯是什么？他只是个无脑的傀儡，他在冉宾面前毫无胜算。"

"冉宾不见得会被提名。"

"呵呵，总裁先生，您信吗？他若想拿到提名只需在塔伦区溜达一圈即可。"

"行了，这些不是你该考虑的，现在你也有钱了，够花几辈子的了，别再贪得无厌了，快滚吧。别等我改变主意。"

"没问题。"凯尔始终面带微笑。

"对了，提醒你一下，走后门，冉宾的人在四处找你，我可不想隆氪因为你的尸体而上了新闻。"

"谢谢。"凯尔离开了。加特点了一支雪茄，面色凝重。

他知道，凯尔说得没错，诺唯是个废物，只知道玩两面派，不但优柔寡断还很自私，从最近的几起暴力事件便可判断出此人的能力，真是让人失望透顶。而其他两位议员候选人，基本可以定位为陪跑角色。本来觉得无能的诺唯可以扮演资本的忠实代言人，谁知道怎么会冒出个冉宾来搅局。

根据《曼塔宪法》，所有公民都有权通过两种途径获得竞选提名：一个是得到议会的至少二百个议席的推荐，另一个是得到八百万公民的实名备注。众所周知，当今议会被曼克区掌控和主导，很显然冉宾会选择第二个途径。"八百万公民"是什么概念？这是一个对任何参选人来说都可以称之为天文数字的概念。整个曼塔城有六千万常住人口，也就是说不到十个人里就至少有一位备注者，密度之大，门槛之高让人们一直认为，跨过这一关的参选人基本上在竞选中是稳操胜券的。曾经，很多未获得议会足够推荐票的自由参选人试图通过民选拿到提名，但还未突破十万的关口便已主动放弃，当时民众的反应只能用惨淡来形容。可那是以前，现在呢？塔伦区的人口占比约为百分之七十，以冉宾的社会影响力，谁敢说他做不到呢？这个人和以前的参选者不一样，他不只是在喊口号，更不是只会给民众"画饼"，他已经实实在在地掌握了太多的资源。加特一筹莫展。万一冉宾真的当选了……

第一期提名活动开始了，塔伦区议事厅前的广场上人山人海。哲令人包下了整座议事厅，但他们却选择了户外，这是冉宾的策略，"大门打开，面向世界"的做法可以让民众感受到更多的亲和力。没有名人造势，没有宣传片烘托气氛，人们却把期待的目光聚焦在了大厅门前的梯形台阶上。各大主流媒体的报道团队面对这样的场面有些傻眼，本以为过来像报道"小丑"一样的调侃一番便可收工，但现场拥挤得竟连停放直播车的位置都没有，摄像无人机更是需在两公里以外起飞，大批安保人员在如潮的民众面前单薄得可以忽略不计。

"……还记得吗？那些早九晚五的日子，我们把一天的成绩带回家，疲惫且充实地进入梦乡。还记得吗？挤在公交地铁上，拿出路上的一点儿时间刷刷朋友们的动态，听听叫不出名字的音乐，为工作备好一天的状态。还记得吗？拿着自己的年终奖，和家人计划着假期的旅游，共享着岁末的团圆。还记得吗？因为一个小项目的完成，而和同事们举杯畅饮，酩酊大醉，甚至喜极而泣。可现在呢？不只是'希望''失望''成功''失败'，我们时常连哭笑都找不到理由。人工智能正在消退我们'哭'与'笑'的能力，剥夺我们'哭'与'笑'的权利。为什么我们会哭、我们会笑？因为我们是有生命的物种，哭与笑是我们的一部分，正是因为有了这些，当时光逝去，那些悲与喜的回忆才会证明：我们不是无灵魂的躯壳！

各位！请好好想一想自己现在的生活，每天醒来时第一个疑问是什么？'我该去哪里？''我该做什么？'大家有没有想过这是幸福还是悲哀？也许有人会说：'这很好啊！没了压力，安逸的生活多舒服？'曾经我也这么想，但当有一天我发现马路上智能机器横行，空中被无人机占据，工作被机械手剥夺时，我知道我错了。网络、科技的确给我们带来了很多便捷：足不出户地赚钱、社交、饮食、购物、甚至医疗，好像自己可以随时面对整个世界。但大家要明确一点：我们是生命体，任何生命体都要用生命的触感和这个世界联动，而不是数据。这些看似便捷的科技行为，其实是对生命的隔离。那些所谓的安逸更是拿本属于人类的现实空间换取的，我们的血性、我们的欲望、我们的思维，我们的身体都在因此而退化，这是AI-CO对人类的温杀！

我不反对科技，但不要涉及伦理底线，人类来到这个世界不只是为了一日三餐、生老病死，我们的职责不能被科技取代，我们需要不断地进步，同时推动这个世界的进步，而不是让世界的进步导致我们的退步。安逸是一种病毒，它会麻痹我们的神经，让我们不思进取，浑浑噩噩，甚至变成行尸走肉；没有了促进和竞争，终有一天我们会成为待宰的羔羊！谁可能会是那个屠宰者？也许是某种未知的物种，也许是瘟疫疾病，也许就是我们身边的AI-CO……"

琳娜在投影前看着直播视频，冉宾慷慨激昂地做着宣言式的演讲，台下的民众更是一阵高过一阵地鼓掌呐喊，她终于明白冉宾的野心了。这几年的运筹帷幄、苦心经营，原来都是为了此时此刻，他想靠这次的机会直接颠覆AI-CO的根基，重置AI-CO的生态。细思极恐，一旦这种极端人性主义者掌握了实权……

琳娜打开了一个文件夹，这是调查组在这段时间里收集到的证据："南极华森废墟中冉宾的血渍DNA，塔伦区几个证人的伪证证据以及索克山洞里的……"和警署相比，她的秘密调查更加有效，因为她是有目的的按照冉宾当时的行踪取证。不过，看着那些山洞里的证据，她犹豫了一下，删掉了，其实仅凭前两条就已足够置他于死地。投影上还在播放冉宾的演讲，以这样的势头看来，获得民选提名并非是天方夜谭。看着那些狂热的塔伦区民众，再想想那些对他忠心耿耿甚至不惜用生命为他顶罪的人，一切也就没什么奇怪的了。曼克区人可以笑他们愚昧无知，但不得不承认冉宾是个有"精神引力"的人。只是，现在看来，命运已不由他掌控了。

　　琳娜拨通了警署刑侦部的电话。

　　"喂,您好,请讲。"

　　"我……"突然,她感觉一阵恶心,立即快步跑到卫生间,但只是干呕,白皙的脸庞涨得通红。

　　"喂,请问在吗?"警署那边还在通话。

　　琳娜踉跄地走回书桌,突然又是一阵干呕……

　　此时,AI-CO发出了健康警报。

　　晕晕地走上车,昏昏地到达医院,AI-CO的急救担架已经备好,琳娜感觉没必要,便步行进了诊疗室。躺在悬浮式扫描仪中,环形光圈从头部移到脚部。

　　"琳娜女士,您怀孕了。"

　　什么?这完全在意料之外的信息让琳娜瞬间大脑空白,一秒后突然意识到了什么。怀孕了?和冉宾的……然后呢?她的思绪又乱作一团,呆呆地躺在仪器上,无所适从。

　　"我该怎么办?"她下意识地问AI-CO。

　　"请您稍等。"

　　这时一支机械手臂轻轻地搭在琳娜的小腹部位。

　　"听。"

　　琳娜好像并没听到什么,AI-CO随即调大音频数据。

　　"哒……哒……"

　　"这是?"

　　"胎心,您胎儿的心跳声。"

　　琳娜惊呆了,伴随着一声声的心跳,刚才的紧张逐渐转化为激动,眼泪夺眶而出,这,这是我的宝宝?!这就是一个小生命,她在自己的体内……

"琳娜女士,您需要好好保养身体来呵护宝宝,我现在给您列出适合您体质的营养配方。"

"等等,让我再听一下。"

"哒……哒……"

"为什么心跳声这么奇怪?"

"因为她还非常的小,心跳声不够强劲很正常。"

琳娜就这么反复地听着,一声之前是期待,一声之后是欣喜,往复环绕,好像简单又直接地触动着自己的心弦。没想到这竟是她听过的最美妙的律动,原来生命竟是如此神奇,她第一次有了这种感觉。

……

走出诊疗室,门旁两位警察迎了上来:"琳娜女士,刚才是您拨通的警署电话吧?"

她点了点头。

"刚才发生了什么?需要我们的帮助吗?"

她停顿了两秒:"不用了,谢谢,我是身体不舒服,慌乱中打错了电话,不好意思麻烦到你们了。"

……

回到家里,琳娜感觉自己还在恍惚着,开心与慌乱、期许与纠结……怀孕,一件再普通不过的事,当发生在自己身上时竟如此美妙。投影上还播放着冉宾一场接一场的活动,整个塔伦区都为之疯狂;而云盘里还放着那些证据材料,该怎么办?一向果敢的她犹豫了。她不明白自己这是怎么了,只是怀孕,想要就留着,不想要就打掉,多简单的事。曾经的她就是这么想的，可现在这是怎么了？只因一切真实地发生了？琳娜轻抚着小腹，宝宝就在里面，这是自己的小生命，哦，不，还有孩子爸爸的。那种喜悦情不自禁，让她每一秒都想留出时间想想那个小家伙。至于那些信仰和原则，瞬间已变得不再那么重要，难道这就是生命的魔力？

　　这时，系统有信息提示，调查组又发来一批补充资料：哲掌控的三家集团公司用其控股的子公司在去年年底收购了三条近地航空线。其中两条是南极航线。凯尔是暗网的技术总监，仅次于冉宾和哲的角色，但现在行踪不定，他的公寓已被不明身份的人搜查过，常出没的地点每天有人暗守，最近一次的行踪出现在隆氪大厦内。（并附有远拍照片）

　　哲的信息一切在意料之中，收购航线就是为了在恐袭行动中掩护他们的行踪，可凯尔呢？琳娜一身冷汗，这个人绝对是他们的核心之一，虽仅有几面之缘，但仔细回想一下当时的场景，他们之间绝非普通的雇佣关系，所以他肯定掌握着大量冉宾和哲的秘密。如果他已经叛变，并投靠隆氪的话，冉宾他们就……

第十五章 暗战与背叛

这些天里，整座曼塔城的空气中全是"冉宾"。塔伦区市民为之疯狂助威，人们视为其实名备注为难得的荣耀，甚至导致官网备注站的服务器几近瘫痪。曼克区市民则如坐针毡，塔伦区的疯狂完全出乎精英层的预料；股市大跌，金融市场的风险评级骤增，悲观情绪观望态度明显，有些机构已经有了撤资清盘的计划；大型媒体一改往日的嘲讽调侃口吻，从多方位分析到严肃预测，一副如临大敌的架势。

这一切绝非杞人忧天，其根源就是与日俱增的实名备注数目，这些数据在官方网站上完全透明，眼看着"八百万"很快就要被突破，两区的情绪落差可想而知。

"怎样？感到危机了吗？"凯尔坐在加特的办公室里，影屏上是已定格的新闻："由曼塔大法院公正，冉宾获得了超过八百万个公民的实名备注，实际数字为8078792的备注，至此，冉宾获得了下届市长参选资格。"

加特又是烟不离手，沉默并思考着，他知道凯尔又在逼宫了。

"正式选举还没开始,但这场选举已经盖棺定论了,你们已经败了,除非按我的计划来。"

"计划?什么计划?暗杀?像南极那样?"加特不屑一顾。

"这种低级的计划怎么能被您说出口?民众提名已经结束,如果这时他突然莫名地消失了,恐怕市政厅会被塔伦区人踏平的。"

加特笑了笑,烟头几乎烫到了手指。

"现在想扳倒他唯有靠名正言顺的法律途径。"

"请讲。"

"前任市长的死是由他主使的,南极事件是由他主使的,这两个猛料够不够分量?"凯尔凑到他身边。

加特没有表现得很吃惊,南极事件和他估计的差不多,但是没有证据,而前任市长的事,他确实没有想到:"证据呢?"

"所以啊,我要提名,议会的提名参选市长,这是条件。"

"呵!就凭这?就靠这两句话就想混个提名?你觉得议会是你家开的?"

"当然不止这些,还有曼克区的心头大患:铄卡。"

加特没话了,凯尔一语中的。

凯尔说,现有的法定货币体系是社会不公的核心,是统治者控制社会形态、榨取民众真实价值的工具。谁控制货币量多,谁就有对生态更多的掌控权,所以人人都在争取更多的货币量,这条食物链的顶层就是行政层。这是人尽皆知的道理,在哪个时代都一样。货币体系就是社会丛林法则的推动者,是阻碍人类发展的根本;加上股票期货等金融衍生品的炒作泛滥,贫富差距只会愈发地加剧。

而冉宾一直致力于改变传统的货币体系,那就是去中心化,并用区块链概念真正做到让生命创造价值,这才是人类社会真实的经济价值,以此激发出的工业、农业、制造业价值都是其间接的体现。可如果自己创造的价值被曼塔央行所掌控，也就是仍然用曼元核算，那么无论是通货紧缩还是通货膨胀，最终还会沦为政治行为的棋子，所以他选择了分布式记账。也就是每个人、每个独立的个体都有央行的职能："发行权"和"监管权"。并且遵循两个简单的规则："平等"和"互认"。这意味着个体之间的地位平等，没有更高一级的"中心"进行管控，每产生一枚铄卡，会在全网更新数据，也就做到了相互承认。这让铄卡用户有了很大的安全感，因为实现了"一分努力一分收益"的实价回报，不用担心炒作、贬值、投机等虚价值带来的损失和诱惑，把更多的注意力放在创造纯价值上。

曾经有很多暗网打着"分布式"的名义发行了很多种虚拟货币，却用着隐性"中心化"的手法恶意炒作榨取价值，坑苦了一大批人，这是在榨取民众的"善"。所以当冉宾真正把铄卡做到"分布式"时，便很快抓住了民心，因为他用"信"回馈了民众的"善"。当信任逐渐成为体系后，即使曼克区封锁暗网也没用。在互信下，他们有无数种变换方式，比如单机状态下，规则不变，他们只需做定期的数据统一就够了，所以把互联网关了都没用。就算AI-CO利用技术手段篡改单个用户端，但由于是分布式格局，所以单点的错误不会影响大局，并且很容易被多数端修正。除非篡改大多数用户端，但由于基数太大，各自防护手段不一，因此不可能实现。这不像央行中心制，仅篡改银行中心数据就会引起货币混乱。

加特知道这些全是真的，他清楚塔伦区社会已被AI-CO逼得接近极限了。这些年AI-CO一直在按计划成长，可唯一让他后悔的是当初不该把vvvup暗网群的股权卖给冉宾，他太低估此人了，竟能依靠一个网络社区掀起这么大的动作，甚至敢挑战传统经济模式。德默市长一向精明，却毁在了冉宾手里。

"一旦冉宾当政，不只是AI-CO，连官方金融体系都会被彻底洗牌；你们的进化论洗脑策略已在逐渐失去作用，塔伦区居民已经对你们失望透顶。"凯尔说，"如果冉宾被定罪，铄卡依然会存在，因为它已经深入塔伦区人心，到时可能还会出现第二个甚至更多的冉宾来抵制政府。但是，只有我，知道如何才能让铄卡软着陆回归曼元体系内，并且不影响塔伦区的稳定。"

加特深深地叹了口气，一切都在向他最不愿看到的方向发展，凯尔的话并没有太多的新料，只是印证了他的担心。坐在繁华的曼克区，控制着科技的走向，实际上根基已被动摇。他双目紧闭，放空了一下思绪，然后把诺唯的竞选资料丢进了碎纸机。

今天，琳娜又哭红了双眼，她从没这么害怕过。冉宾被提名了，而她看到的却是其背后的危机，她该怎么做？去帮冉宾，然后毁了曼塔的未来？冉宾现在已经是没了束缚的野兽，要么是敌，要么是友，他是不可能为谁妥协。琳娜承认自己败了，败在了曾让她最不屑的人性情感上。这段时间里，她始终关注着冉宾，关注着他的一举一动，每一次演讲每一个神情。她时常握着手机，看着那个被她清空了多次的聊天视窗愣神发呆。她好希望一觉醒来能看到那个男人传来的信息，可面对着那空白的视窗又不知该何去何从。她真的败了，情感像毒品一样完全控制着她的精神，她感觉自己正在快速地放弃曾经的自己。RNA，这个人类的精神引擎，这个已被她攻克的基因命题竟可以如此轻易地摧毁她的意志，这就是基因的强大，谁都无法摆脱，因为她是人类，而且是个女人……

无奈之下，琳娜拨通了父亲的电话，把所有事情倾诉一空。

"你竟然和他？我太了解那个混蛋了！"

"什么？"琳娜觉得不可思议。

"他背叛了曼克区。三年前，我秘密指使隆氪打造了vvvup暗网群。那时塔伦区已经沦为失业区，如果想要灭绝人类达到净源物种的目的，除了物质上的消亡还需要精神上的摧毁。失业后的塔伦区人无所事事，时间久了，不稳定情绪就起来了。暴动、赌博、挑唆情绪、威胁官方，整个塔伦区就像座罪恶都市。曾有句话这样说：'如果世界上没了竞技，那么战争就要开始了。'它的寓意是指情绪宣泄。我知道他们的这些行为就是情绪的累积，并以不同形式的爆发影响到了曼塔社会。我因此专门建立了暗网群，并隐瞒了其官方背景，这样更容易被他们接受。它除了可以监控民意外，还为民众提供一个情绪宣泄口，并允许一切法律边缘化的行为，比如：无偿性行为。这样一个舒适的平台让他们逐渐产生了依赖感，惬意和自由消磨了他们的意志，一切都是按着'温杀'计划进行的。当时，冉宾控股的一家公司提出了丰厚的收购计划，并承诺会继续按照隆氪的理念经营，我对此毫不怀疑，因为他曾是我最得力的助手，从政从商几乎都是我手把手教出来的。可没想到……他竟然搞起了铄卡！"父亲语调升高，逐渐压制不住怒火。

"你忘了吗？琳娜！我是怎样教导你的！你接受过什么样的教育！这还需要我提醒吗？人类没有希望了！社会精英化是必然的路线，你难道不清楚吗？他们已经是这个世界的累赘，他们都得死！全部都得死……"尖锐的声音里带着沙哑，仿佛怒火已由胸腔喷涌而出，他竟然歇斯底里起来。

琳娜被吓到了，手指触电般地挂掉电话，这是父亲吗？还是AI-CO模拟出了问题？

她试探着又一次拨通了"父亲"的电话。

"全部都得死，全部都得死……"看来这第一代灵魂记录程序真的不完善。父亲那熟悉的声音变成了死循环，"深心"的程序也已卡死。现在琳娜的心里很乱。

这几天，一共举行了二十次记者招待会、五次竞选团队会议、三次社区居民互动，冉宾疲惫地坐在柯森十层的办公室里。此时已是早上九点，一夜没睡的他毫无困意，虽然面色憔悴，但过于紧绷的神经仍很难在短时间内松弛下来。望着窗外那个暗流涌动的世界，经历了那么多的起落甚至生死，却只有这间破旧的办公室是真正地属于自己；满墙的便笺随笔厚实但凌乱，随着飘来的轻风微微颤动，这里有一片隔世般的平静。冉宾微闭着双眼，长舒一口气，坐在这里，他才是那个真实的自己。

"嗡"……手机一阵震动，他点开，来自琳娜："不要再竞选了，你不了解他们的势力。"

冉宾看了一眼丢在一边，早已料到琳娜迟早会这样劝他。作为曼克区的议员、人工智能的嫡系，她很难轻易地做出改变。不过，他相信琳娜会改变的，只是需要一点儿时间和行动，他终会证明这一切，深信不疑。

下午还有一个内部会议，冉宾输入了一条信息：

今天讨论的主题：本城的再就业补贴和税改方案，需要三大数据商的基尼指数。

发送……失败……再点，还是失败，冉宾很纳闷，手机、腕表、电脑的网络全断了。又是AI-CO出问题了？

此时的琳娜已心急如焚，她本想发条信息看看冉宾的态度，她预想了十多种冉宾反驳她的方式，但唯一没想到的是连个回应都没有，而且手机不通，社交账号不回复，为什么？难道故意把她拉黑了？可是换了其他号码仍然联系不上，琳娜的心悬在了半空中。

　　眼前是座雪山，那双手纤细轻柔，她依偎在他的身边。
　　"冷吗？"
　　她摇摇头，零星的雪花从空中落下。
　　"如果可以一直这样……"
　　"如果这里就是全部……"
　　"命运里有多少个'如果'？"
　　"也许最好的'如果'就是一起飘落……"

　　"砰！"一声门响把冉宾惊醒，睡得太沉了，他用力晃了晃脑袋才清醒了些许。这时，哲已经站在他面前。
　　"快走，凯尔被议会提名为市长候选人了。"
　　"什么？"冉宾突感头皮发麻，怎么会这样？他呆滞地看着哲，大脑急速地理着思绪。
　　"他叛了，快走，塔伦区的网络全断了就是为了搜捕你。"
　　此时，走廊里传来一阵急促的脚步声。

　　今天上午，所有的智能车辆过了蓝冰大桥便全部抛锚，连磁悬浮隧道和弹道式交通站都已停运，很多人下车后抱怨甚至咒骂，更离谱的是连个救援电话都打不出去。琳娜不知道什么原因，所有部门一头雾水，警署只是说工作需要便不再做更多解释。琳娜把车丢在一边，快步往柯森进出口公司走去，这是她认为冉宾最可能去的落脚点。她想当面劝他，她想告诉他今天议会的参选提名议案，她甚至想告诉他……

然而，到达柯森大厦的楼前，她不寒而栗。向外五十米处，警戒路障已布置完毕，特警把大门封堵住，并手持自动步枪，防暴警察手持盾牌保持待命，几十辆警车和军用车把大厦团团围住。这时，冉宾被押解出来，他被摁着后颈却奋力地昂着头。看到这一幕，琳娜的心凉透了，她来迟了。该怎么办？该怎么才能救他？琳娜的大脑里一阵混乱一阵空白，现在却只能远远地望着他。

那个男人……昨天还被万众瞩目，今天却成了阶下囚，一种不祥的预感涌上心头，该怎么办？寄希望于后续的庭审或者辩护？这些选项只是在琳娜的思维里一闪而过，直觉告诉自己，此次抓捕的背后远不是普通逻辑可以解释的。该怎么办？此时，好像心有灵犀一般，冉宾也望向这边，他也看到了她，世界仿佛凝固了，定格了。那个眼神里的坚毅消失了，微扬的嘴角，柔和的目光，好像在月牙港第一次相遇时的样子……可"瞬间"永远无法被永久凝固，短暂的对望稍纵即逝，冉宾被推进了装甲警车里。突然，市民们暴怒了一般，高喊着"冉宾"，高喊着"为什么"。人们齐声呐喊，都在"声嘶力竭"地宣泄着一切。特警立即升级警戒，路障升高，防暴盾牌阵列排开，武装无人机群在空中待命，防暴车首尾相连，把人们的视线彻底阻断。与此同时，网络通信恢复了，媒体还没来得及反应，冉宾被捕的新闻便瞬间在社交网络上发酵传开。

"凯尔告发了他。"这是琳娜团队的第一反应。把之前的跟踪信息结合起来，这是最符合逻辑的推断。但如果没有确凿证据，警署是不会这样做的，这种级别的行动分明就是在抓恐怖组织的头目。那么其他人呢？哲，还有他的团队，肯定都难逃干系。琳娜预感，冉宾完了，也许再无翻身的可能。

她恍惚地坐在车里，望着车外，一路上，塔伦区的居民从好奇相告到茫然无措。的确，对他们来说，这不是娱乐八卦。只需思考几分钟，他们便能真实地感受到那个新闻里的人物会对自己的生活产生多大的影响。新闻里播报着股市实时数据，科技股应声暴涨，教育、文化及传统制造业股全线下跌，人们在冉宾新闻的评论区里输入最多的是"？"。

不知行驶了多久，琳娜这才发觉车已经临近曼塔大学了，可远远望去有两辆警车停在科研大楼前，有些意外却也在意料之中。下车后，果不其然。

"琳娜女士，关于冉宾的案件，我们需要您协助调查。"

她没说什么，默默地上了警车。

警署已被媒体包围，他们都想拿到第一手材料以博取关注度。琳娜通过内部通道被带进一间审讯室。里面坐着一男一女两位探员。问询的内容有些过于普通，主要是核实她逃生的经过和细节。琳娜很冷静地撒着谎，和上次一样。

"谢谢您的配合，琳娜女士。"探员起身准备离开房间。

"所有南极的幸存者都要过来做笔录吗？"她问。

"不是。"

"哦。"琳娜一阵紧张。

"请跟我来。"女探员说。

琳娜跟着她来到一个房间，和审讯室差不多，但四周没有镜子和监控设备。女探员出去了，琳娜一个人坐在那里，房间的角落里还有一张审讯椅，上面的电子铐张开着。

门开了，一个男人走了进来。是凯尔！琳娜特别吃惊，他怎么会出现在这里?

两个人对视了一秒,但凯尔很快便避开了她的视线。坐定,空气在未知的静中凝固着。

"嗯……最近还好吗?"这个男人从寒暄开始了,但不自然的声音里显然露出了紧张。

"哦。"琳娜的大脑也有些短路,一个审讯者显得如此拘谨,她的戒备心理产生了疑问。

"嗯……"凯尔好像在努力组织着语言,"我们见过。"

"对,好像是在港口还有在柯森……"

"不。"凯尔打断了她,"在枫叶广场。"

"枫叶广场?"琳娜重复着回想着。

"VR海底世界。"凯尔说完甚至局促地抿住了嘴唇。

琳娜恍然大悟:"那个男人是你?"她想起了第一次戴心率a装置的情景,那个和她聊天的男人竟是凯尔。她记得那个形象,虽然那是VR虚拟过的脸庞,但仔细看的确有些许相似的特征。

他点点头:"帮你贴装置时,产生了铄卡。"

琳娜的脸上突感一阵烫热。

"当时我也产生了铄卡……"凯尔尴尬地笑了笑。

惊讶之后是冷静,冷静之后是尴尬,尴尬之后又回归警惕。这里是警署,他怎么会在这里?他想要什么?琳娜迅速理清了意识:"现在这是……"

凯尔也沉默了一会儿:"放弃冉宾吧。"

琳娜没想到他会这么直接,她没有回应,等着后续的话。

"我知道你们的事。"

"不是你想的那样。"她说。

凯尔把一个小塑料袋放在桌上，里面有两支半透明的塑料试管："这是一份体液DNA样本，来自南极索克雪山的某一个山洞里。"

琳娜的心跳瞬间加剧，虽然她已经料到凯尔掌握的信息，但没想到连这个都找到了。

空气凝固了，双方好像都在等着对方先开口。

"你到底想怎样？要我出庭指证他？"

"不，我比你了解他，想灭了他，我手上的证据足够了。我是希望……"凯尔停顿了一下，"你放弃他，心理上……放弃。"

"为什么一定要置他于死地，到底发生了什么能让你背叛你们多年的情谊？难道是为了权位和财富？"

"你太小瞧我们三个了，权位、财富，只是个工具而已，为话语权服务的工具。但冉宾太极端了，在他眼里只有'一将功成万骨枯'。"

"难道你不是吗？"琳娜怒视着他。

"他杀了你的父亲：德默市长。"

"什么？"琳娜如同五雷轰顶。

"这是事实，我再清楚不过了，当时的行凶者已经被捕了，冉宾是主谋，而我负责技术。"

"不可能，父亲是死在了手术台上。"

"当年我们收购了暗网群，冉宾早就计划好了在上面发展铄卡，那时你父亲的权力如日中天，为了AI-CO，他是不可能允许这种货币出现的，所以冉宾就先动手了，利用一次你父亲做心脏支架手术的机会，只需要动一下血管，一起医疗事故就发生了，在那AI-CO无人医院里真是太简单了。"

琳娜的双眼泛起了泪光。

"我不得不佩服冉宾的果敢，不过这和南极的屠杀相比真的不算什么，他的心太狠太硬了。"凯尔说。

"父亲被害时，铄卡还没有出现？"她问。

凯尔点点头。

"可我们通话时不是这样说的。"

"那是灵魂模拟程序，你清楚它的运行机制。如果你父亲在世时知道了铄卡的存在，恐怕被暗杀的就是我们了。冉宾太了解你父亲的做事方式了，他当助手多年，学得最精的就是老市长的冷血。"

琳娜眼泪涌了出来，她不敢相信这样的事实。父亲的确强势，但不至于用"冷血"来形容。那时的她还是个学生，没见过政治的残酷面，更谈不上"杀戮"与"生死"。每逢假期父亲总会带她参加各级会议，令她印象最深的是所有人都会对他们正襟危坐，毕恭毕敬，好像整座城市的大门都在为自己敞开。父亲的强势仅限于在下属面前，在民众面前永远是一副导师的形象，这很让人意外，但更让人佩服。他在多次民众游行示威中冲在前头，面对面调解，并定期地亲赴现场演讲普及广义物种论。他能把AI-CO导致的失业潮反转成民众的"坐享其成"，他能把塔伦区的反AI-CO情绪反转成可让民众安心的"人类社会的甲胄"。在曼塔行政层看来，这是政治情商的体现，内部铁腕式地推进AI-CO，外部缓冲式地引导民众，这才是真正的大局观，这也是为什么他能在市长位置上两次连任。在现实中，有这样的逻辑、口才和气场的人琳娜只见过两个，另一个就是冉宾。冉宾的确有大局观，可他的冷血绝对不是从父亲那里学来的，一件件血淋淋的事是他做的，不是父亲。

这两个男人……为什么自己会站在他们之间的世界。

"琳娜，醒醒吧，他就是个魔鬼，如果这样的人当政，曼塔城就完了，任何极左极右的政策都会扭曲这个社会。为此，我们争论过很多次，但很可惜，他不是能接受不同声音的人。如果上升到政见层面，我迟早是被他清洗的对象。你明白清洗的意思吗？对他来说，就是碾死一只挡路的蚂蚁。"

琳娜还在流泪，她不知道该说什么，混乱和迷茫，一切都太突然了。

"来帮我吧，琳娜，我需要你，那些调查口供都无所谓，只要你愿意回来。"凯尔的眼神里充满了期待。

她还在沉默。

凯尔打开手机的程序，连线了德默市长。

"孩子……"

琳娜立即挂断通话："这不是我父亲。"

房间里又静了。白冷的灯光、桌椅、墙面和角落里的那张审讯椅。琳娜尽力地克制着情绪，她不知该如何应对凯尔，所以此刻最好的自我保护就是沉默。对她来说，现在的每一秒安静都很宝贵，她在心里反复地提醒着自己：在凯尔再次开口前，自己必须恢复到清醒意识，保持理性。

而凯尔就这样一直坐着，他在等，等一个回应，无所谓多久……

"我可以走了吗？"琳娜平静地说。

凯尔一怔，他没想到等来了这样的答复，无关是与否，她是什么意思？默认还是需要考虑的空间？

"当……当然，随时可以。"他下意识地答道。

琳娜站起身来。

"我送你吧。"

"……"

第十六章 来自于"他"的守护……

五天了。自警署回来后，琳娜还没离开过公寓，她感觉自己的一切都在凯尔的监视之中。虽然他还没有当政，但社会能力却达到了只手遮天的地步，显然其背后是隆氪莫伦斯等财团的全力支持，当选只是时间问题，已没人能对他构成威胁。琳娜看着投影，凯尔的竞选造势开始了。想想在警署里的对话，她清楚这个男人的暗示，能从警署出来也正是利用了这点，可这不是长久之计。她抚摸着小腹，其实自己无所谓是否被定罪，让她担心的是这孩子……

时间一天天地过去了，琳娜好像与外界隔离了一般，她在脑海中预设了无数种结局，但一想到肚子里的宝宝，所有的假设就都变得毫无意义。

"亲爱的，到订餐时间了，想吃点什么？" AI-CO问她。

琳娜直接断了电源，也许这也是个监视者。

房间的闭塞让她愈发觉得压抑，今天，琳娜久违地离开了公寓。如果真有监视，无所谓哪里都一样，她想，只是自闭似的一味地胡思乱想没有任何帮助，既然已没了自主权，就只能听从命运的安排了。

走在蓝冰大桥上，风浪渐起，费纳逊河的激流从脚下穿过直奔入海口。大桥金属护栏上的那些刻画和涂鸦依然那么清晰：

"坚强一些，喜欢你的并不是大海。"

"孩子，回家吧，没有比家更重要的。"

"废物，站在这里的都是废物，别浪费我们的资源了。"

"你发什么呆啊？你倒是跳啊！"

"我走了。"

"那里是另一个永恒。"

"离开挺好的。"

"我从没这样开心过。"

……

琳娜无奈地笑了，好像又比以前多了一些。迎着海风，眺望着浩瀚的入海口，她现在似乎明白了这里的自杀"魅力"缘何而来。

"我认得你，我们的大美女议员。"一个略感熟悉的话语出现在耳边。

琳娜转目看去，一个戴着帽子留着胡须的男人，"哲？"即使这样她还是认了出来。

那人点了点头。

"你……"这一身装扮，想必原因不会在意料之外。

"暗网群和我们公司的六百人核心团队几乎全部被捕，其中有十几人在被捕时就被枪决了。"

"为什么？难道你们持枪拒捕？"

哲的声音有些微颤："毕竟是曼塔城历史上的头号恐怖事件，他们的任何行动都是被允许的。"

"你们之间到底发生了什么？"琳娜问。

"还记得暗网里找你卖情感代码的那五个人吗？"

"记得。"

"那五个人全是凯尔,包括后来更多的账号,他为了钱出卖了暗网里最核心的东西。"

原来如此,琳娜迅速理顺着最近的事,那些看似复杂的逻辑背后总会有个简单的答案。

"全城都在通缉你,快走吧。"

哲拿出了一张纸,是医院的数据记录:"你怀孕的事,凯尔已经知道了,这几天你的就医记录被调阅了二十多次。"

她一身冷汗。

"走吧,离开曼塔城,否则你和孩子都保不住,我了解凯尔的行事风格。"

"让我想想。"

钱、权、思维还有那个被他提到的"冷血",当这些标签汇集于一人身上时,他的个性也就一目了然了。琳娜曾以为冉宾就是这样的人,但现在的凯尔更胜一筹。当再把这些与自己的孩子联系在一起时,一股空前的恐惧笼罩全身。

"冉宾被捕前只嘱咐了我一句:保护琳娜。"哲说。

琳娜注视着哲:"你们当时在一起?"

"对,那天通讯全断了,我去通知他关于凯尔的事,可警察紧随其后,他知道走不了了,就自己迎了出去,为我从暗门离开争取了时间……"哲描述着当天的情景。

琳娜静静地听着,也许在被捕时的那次对望真的成了诀别,她的眼眶又湿润了,这些天里已不记得多少次了……

秋天的曼塔城风雨不定,气温忽高忽低,琳娜只是带了件便携行李箱，她不知道该带什么，她甚至连父亲的灵魂模拟数据都没带，那AI-CO模拟已经没有意义。

哲的船停靠在费纳逊河南岸的一处河畔花园边，这是一艘人工中型渔船，甲板上随处堆放着湿漉漉的渔网。哲从船舱里出来，接过琳娜的行李，并向驾驶舱一个壮汉打了个手势，琳娜记得这样的人好像被称为"卡德"。渔船启动了，声音很小，暗色系的船体在黑夜里像是隐形了一样。远处夜空里的无人机如萤火虫一般游荡着，一切如常，不知是物流机还是监视者。就这样，伴随着摇晃的船体，琳娜离开了曼塔城。

随着海浪起伏的增大，水域逐渐变宽，望着远去的楼宇灯光，望着这个从小就生活依恋的地方，心里难免泛起一缕感伤。哲望着相同的方向，不时地闷两口啤酒，他们都很清楚，踏上甲板的那一刻便再没有了回头路。

"为什么不问我去哪里？"

琳娜摇了摇头："只要能保护好宝宝，无所谓去哪里。"

哲深叹一口气，便又把视线转回曼塔城的方向。

琳娜同样沉默了，没想到堂堂德默市长的女儿此时只能相信一个人，而且还是个反智能分子。真是讽刺，真是造化弄人，也许这就是命运吧。

"后悔吗？"哲问。

"不，这是我自己的选择。"

"也许那天你不该出现在月牙港。"

……

驶出入海口，风浪大了起来，船体的晃动明显加剧，即使船舱的离心装置也没办法稳定重心。琳娜在睡梦中被晃醒，呕吐感直窜嗓门，舷窗外已没了灯光，她扶着扶梯栏杆昏昏沉沉地上了甲板。刚开舱门，"哗"的一声，一阵海浪劈面打来，还好右手紧握住了栏杆才没有摔下梯子。紧接着冰冷的海风倒灌进舱里，堵得她喘不过气来。外面的环境远恶劣于舱内，还好有离心装置的缓冲，否则连肚子里的宝宝都会有危险。

哲去哪里了？琳娜蜷缩在睡袋里，看着空荡荡的船舱，心里的恐惧感骤升。她现在只能听从命运的安排，自己毫无掌控可言。时间一分一秒地过去，哲还是没有回来，舷窗外时而水上时而水下，唯一让人欣慰的是发动机的声音从未间断。

突然窗外闪过一道刺眼的白光。外面传来巨大的喊话声："我们是曼塔海警，前方船只立即关停发动机，请配合我们的检查。"

"我们是曼塔海警……"声音重复地广播着。

"要出事了！"琳娜自语道。

可渔船不但没有停机，反而传来一阵更强的发动机轰鸣声。这时墙角的扩音器里传来哲的声音。

"别担心，他们只是AI-CO的机械子嗣，不要出舱，我们可以利用恶劣的天气甩掉它们。"

琳娜系紧安全带，紧紧地握住固定把手，不知道即将会发生什么，她能看到的只是舷窗外越发频繁的白光。

太平洋上雷雨交加，一层层十几米高的巨浪冲刷着船体，后甲板上的渔业吊机已经断裂。哲和身旁的卡德在全力握着船舵，并开启了保护模式。舰桥的大半已缩入船舱内，并吸入一定量的水，使船体处于半潜状态以使阻力降到最小。机械子嗣们紧追不舍，大概有三艘，从三个不同方向包围过来。它们也开启了保护模式，整体外形变成了潜艇的样子，上半部升起的流线型护甲可以完全无视浪潮的冲击。

"滴滴。"雷达上又有新的报警。

"这是什么？"哲指着屏幕，除了后方的三个亮点外，十一点方向又出现了一个亮点，而且回声强烈。

第十六章 来自于"他"的守护…… 133

"冰山。被浪冲过来了。"

"也许这是个机会。"哲说。

卡德自信地笑了笑:"哈!而且还有个三十米高的海啸宝贝。"

随即,他们开足了马力,直冲冰山而去。

"铁狗们!尝尝本垒打吧!"

冰山距离200米、140米、70米……

机械子嗣距离20米、17米、14米……

而巨浪就在眼前。

这时渔船排出所有的负重水,在与浪面接触的瞬间,卡德突然关停发动机。

"看命了。"哲说。

两秒钟后,他们的渔船像一片飘叶,随着巨浪翻滚旋动,内舱离心装置频繁调整,三艘机械子嗣瞬间擦肩而过,只见浪峰内突现几道火光,转瞬即逝。

"成了!"哲紧握住固定把手高喊道。

"不见得。"卡德点了几下总开关,没反应。发动机启动不起来了……

窗外已是水面以下,除了闷闷的水流声什么也听不到,这是多深?没人知道,渔船毕竟不是潜艇,承受不了较大水压,此时海水已从甲板、舷窗的接缝处渗入。卡德还在尝试着总开关,这是唯一的活路,如果现在弃船逃生,在海啸漩涡下的深海无异于自投地狱。然而这开关仍然毫无反应……很快,窗外完全陷入漆黑,船体发出咯嘣的响声,紧急灯忽明忽暗,空洞与眩晕交错,好像整个世界都在坠入深渊。哲奋力地爬上船舱门,琳娜……

突然,舰桥的玻璃爆裂,船体被肢解,海水喷涌而至……

第十七章 2037年的夏天

"琳娜……琳娜……"

这是梦境还是现实?

她睁开了双眼,映入眼帘的是绚丽的阳光,耳旁环绕着树叶的簌簌声,连呼吸中都能闻到花草的清香气,朋友们在……转眼间,战火纷飞,附近连续的爆炸,一起快速逃离,飞一样地躲开追击……前面有个山洞,想进去,但已来不及。很奇怪,很多警卫带着枪,无故朝这射击,躲子弹,躲进建筑障碍……有时和他离得很近,有时很远……跑着跑着找不到对方,很着急……睁开眼,不知睡在何时何地,一张简陋的床铺,身旁还有个熟睡的小女孩儿……朋友们醒来后发现时间在2017年12月6日,他还在,小女孩儿也在……朋友们好像都经历这些,回忆当时,都心有余悸……有人说病毒爆发,自己的皮肤烂了,快死掉了……有人说再经历那刻时应该收集证据,有人说这不是一个收集证据的时代,因为那些权威已被少数人利用。听到门外的声音,大家走了出去,眼前像世外桃源一样,所有人在看赛艇,它们的速度很快,有的人头上长角,有的人是白发,有的人背后长着翅膀。他们相互微笑招呼,身旁的小女孩儿说着听不懂的语言，但自己可以用自己听不懂的语言回答，好像幻觉，好像异世，好像天堂……

"琳娜……琳娜……"
"她醒了！"
琳娜听到有人在说话，很多人在说话。她挣扎着睁开眼睛，眼前是几位医生的面孔。这是在医院？琳娜想问她们，可嗓子很紧，她努力咳了几下，却感觉胸口有些阵痛。
在两位护士的搀扶下，琳娜下了床，触地的一瞬间，双腿一软，险些摔倒。两位小护士用力把她架上轮椅。
"没关系的，只是躺太久了，适应两天就好了。"护士安慰她说。
"太久？"琳娜看着她们，"我睡了多久？"
"差不多十二年了吧。"
"！！？？"瞬间，琳娜的大脑好像被撑爆，这是哪里？自己为什么会在这里？这是不是在做梦，一阵眩晕笼罩全身……脑海中一个个画面闪过，翻滚的船舱、列队的特警、桥上的涂鸦、巍峨的雪山还有那一个个身影……

这是2037年的夏天，距离那些人与事已经过去十二年了。琳娜理顺着思绪，曾经的大部分经历已重新浮现在记忆中；看着镜子里的自己，现在的她应该算是中年人了，可为什么面容没有任何苍老的痕迹，连眼角都没增加一丝纹理……
天亮了，温暖的阳光洒在被子上。望向窗外，满院的医生、病人，出租车司机在大门前吆喝拉客，交警保安忙碌地维护着秩序……琳娜不敢相信眼前的一切，这就是现实？和记忆中的完全不一样，可这里的一砖一瓦是真实存在的，难道那座记忆中的曼塔城只是存在于梦中？自己的过去到底是什么？梦里那些碎片般的画面和凌乱的场景又源自哪里？

茫然间，两位医生走了进来，手里拿着一叠纸质文件。

"医生，我……我有很多事……我是不是在曼……在战乱……"琳娜有很多疑问，但开口的瞬间却语无伦次，过于混乱的记忆让她的意识里没有一个"现实"作为基础，所有的记忆点都在同等级的矛盾层面。

"我懂，因为在你的脑海中虚拟与现实的比重较为接近，这是长时间的昏迷所致，很正常。"

在一番详细的释疑中，医生告诉她这个城市叫天琴座生态圈，他们不知道哪里是曼塔城，是两年前圈外的医疗队把她送到这里的，与她一起送来的还有她的女儿，现在在市爱心福利院生活。

女儿！？

琳娜明白了，那些最深层的记忆都是真实的，曼塔城就是记忆中的家，还有工作、科研、朋友、父亲……可她在议会从政多年，从没听说过有这样一座城市的存在，更不知所谓的生态圈是什么概念。不过这些都不重要，现在的当务之急是见到女儿。

经过两天的体能恢复和肢体适应，琳娜的行动能力已无大碍，医生们为她做了全方位的检查后允许其出院。看着护士们把身边的仪器一件件撤走，把身上的留置针和监测设备拆下，她又产生了疑问：这哪里是2037年的医院该有的样子？明明更像是穿越回了过去。

办理完出院，琳娜整理好衣物。白色的T恤、深蓝的牛仔裤、一双慢跑鞋，这些都是医院为她提供的。虽然简洁，但很合身。出了医院，上了一辆黄皮的出租车。司机很客气，和路边拉客时的样子差别很大，上车后他先递出了自己的名片，并礼貌地问目的地。

第十七章　2037年的夏天

"去……市爱心……福利院。"琳娜有些没底气，她把具体地址递给司机，这是医生写给她的，至于在哪里，她也不清楚。车上没有定位信息，仅有一台古董似的收音机，一切只能随车盲走。没有了手机和腕表，在这座陌生的城市里，望着身后远去的医院，她的安全感骤降。印象中，只有在小时候随父亲才坐过这样的出租车。

"美女不是本地人吧。"司机小伙问。

"嗯。"话刚一出口，琳娜顿时追悔莫及，这不是把自己的隐私暴露出来了吗？会有危险吗？前排这个小伙，一头棕色卷发，头戴棒球帽，络腮胡，很像老电影里的人物形象。

"哇，欢迎来到我们的城市，这里有一万种美食，一万种风景，一万个帅小伙……"他自恃风趣地说着。

琳娜不知该怎么接话，她把视线转向车窗外：街边的服装小店挂着样式不一的招牌，骑单车的学生们三五成群地有说有笑，商场外五颜六色的促销广告……这些好像记忆中的塔伦区，这里好像还不如塔伦区更有现代感。

约十五分钟的路程。

"美女，福利院到了，二十铄分。"小伙说。

"啊！可，可不可以刷……"话刚出口，琳娜的脸庞就红了起来。能刷什么？刷手机？刷卡？刷瞳孔？刷脸？刷指纹？她什么都没有，她压根就把钱的事忘了一干二净，自己一定是变迟钝了，她在心里不停地自责。

"只收现金。"

"不好意思，我，我，我没带钱……"

"哦，那就算了，祝您一切顺利。"

琳娜大吃一惊，竟然就这么轻易免单了？她赶紧连连道歉和道谢。

下车时，脑海中突然闪过一个词。

"先生，你刚才说多少钱？"

"二十铄分啊，怎么了？"

"铄分？对，我记得，你知道铄卡吗？"

"当然，一百铄分等于一铄卡啊。"

"所以这里是塔伦区？对吗？"琳娜追问道。

"啊？"小伙一脸不解。

"就是曼塔城的塔伦区啊。"

"不懂你在说什么。美女，这里是天琴座生态圈。"

出租车开走了，琳娜一个人站在原地一脸困惑，背后就是市爱心福利院。

这座福利院的外观很像学校，宽阔的操场紧邻街道，奇怪的是作为一所儿童救助机构竟然没有围墙作为安全隔离设施。远远望去，操场上有一队孩子在做着运动，琳娜不知道该去哪里，也不知道该问谁，只好往他们那边走去。

说明来意后，领队的老师非常热情，琳娜拿出了一张带有号码的纸条，这是医院提供的唯一"证件"，然后跟随老师进了接待室。今天是周末，没有课，隔着一小片梧桐树林，可以看到公寓楼里孩子们的身影。大概等了十分钟，工作人员进来了，身旁跟着一个瘦瘦的女孩子：她皮肤白皙，扎着双马尾，水汪汪的大眼睛好像会说话，一对灵动的酒窝镶嵌在阳光般的笑容里，俊俏得无可挑剔。琳娜突感心跳加速，紧张得快要窒息。那女孩儿很活泼，一直和身边的人有说有笑。

"珂珂，这位是妈妈。"工作人员很直接。

"呃？妈妈？"珂珂的笑容变成了疑惑。

琳娜竟然一句话都说不出来，可泪水已溢过了睫毛。她不明白为什么，除了初见女儿的激动，眼前的一切竟然似曾相识，一种莫名的亲切感如同曾经历过此刻一样；身旁的布景，窗外的梧桐，一切都那么熟悉……

"妈妈？"珂珂好像对这个称谓并没有什么概念。

琳娜点了点头，

"我是妈妈。"她非常确定，这就是自己梦里的那个女孩子，就是她从没见过的女儿，一模一样，不会错，脑海中清晰的记忆痕迹和现实完全吻合……

珂珂转向工作人员，她不知道接下来该说什么或该做什么。

"乖孩子，妈妈是来接你的。"工作人员说。

"啊？我不认识她啊，我不走。"

孩子的一句话直扎琳娜的心窝。

后续的对话已没什么印象，更多的时候只是看到他们的嘴唇在动，大脑一片空白的她只是机械地点着头，但目光始终停留在珂珂可爱的小脸儿上。"我不认识她啊，我不走。"这句话几乎把她击晕，刚才的"似曾相识"顷刻间荡然无存，"我不认识她啊，我不走。""我不认识她啊，我不走。"……一直回响在耳边，直至珂珂转身离开时她才恍然清醒。

工作人员非常抱歉，他说珂珂是两年前被圈外的机构送来的，按照院里的规定，如果想把孩子带走需满足两个条件：一是孩子自愿，二是监护人有能力承担抚养费用；可琳娜都达不到要求。她无助地走出福利院，现在该怎么办？一个无法相认的女儿，一个不知是哪里的城市……

坐在路边，琳娜仔细回想着醒来后的事情，真是有太多的疑问。医院和福利院都提到了"圈外的某某"，这到底是什么？他们也不知道，只是符合收留规定他们照章行事而已。这样正规的机构，怎么会如此不严谨？完全不符合逻辑。

现在该怎么办？琳娜又一次地问自己。她身无分文、居无定所，到底该去哪？总不能再回医院吧……这时她想到了警局。

天色渐晚，不远处有位交警在维持路口秩序。她试探着走了过去。语无伦次地说完情况。

"您的意思是没地方住，对吗？"

琳娜点点头，还好交警听懂了她的意思。

"没地方住就去酒店啊，为什么要去警局？"

"可我没钱。"

"没钱也可以住啊。"

"……"

原来真的是这样，琳娜找到一家酒店，甚至没细说缘由，前台便为其提供了一个房间。

"我可以住几天？"

"住到你不需要的时候啊。"前台接待人员看着她，不明白客人为什么会这样问。

这到底是什么地方，琳娜坐在房间里的大床上愈发的困惑。

房间里有台老式电脑，点了电源按钮，噪声和排热气流让整台机器像是开到顶档的电风扇。好不容易爬进了系统，在搜索页面输入"曼克塔伦城"，显示无匹配信息；输入"凯尔"，显示无匹配信息；输入"冉宾"，显示无匹配信息……

这到底是什么地方……

接下来的几天，琳娜的戒备心理逐渐消失了，免费的房间，免费的餐饮，免费的交通，自己如同置身于乌托邦里。她还去福利院看望了女儿几次，珂珂的冷漠也在消退，从简短的聊天到户外一起运动、游戏，一切似乎都在往好的方向发展。难道可以就这样一直生活下去？

可无论怎样顺利，她的最终目的是把珂珂带回身边，即使珂珂慢慢消除了抵触，她的物质条件仍然是零，这仍是硬伤。不过，转念一想，如果什么都可以免费得到的话，钱财便不是必需品了，这难道不矛盾吗？可与免费相左的另一面更让人不解：每天下楼时，总能看到有客人在前台结账；每次吃饭又总能看到有客人付钱，这怎么解释？琳娜的疑问越来越多，她想去问，可看着周围的人们都在正常且规律地过着每一天，她又怕尴尬，所以一直羞于开口。

既然已经在这里了，既然那些疑问不是负面的事，也许自己也应该成为其中的一员。琳娜在酒店附近逛着，想找一份工作。街对面有很多小店，服装店、便利店、餐馆、网吧。她也不知道自己能做什么，无非就是体力工作，于是走进距离酒店最近的一家商铺，这是一家便利店，二十四小时营业。老板是位中年女性，正坐在收银台后面投入地看着电视剧。

"您好，我想找份工作。"琳娜说明来意。

"哦！好啊，来吧，帮我进进货。"老板竟就这样爽快地答应了。

这反而让琳娜有些措手不及。不问个人情况，不问有没有经验，就这样答应了？还是每家店都会这样？

老板又沉浸在电视剧中。

"老板，不好意思，我，我想问下薪水多少？"一个再正常不过的问题竟让她尴尬不已。

"嗯？噢。一小时一铄卡，全市统一标准。"

"好的，谢谢您！"

全市统一标准？琳娜对这个名词很有兴趣。回到酒店，她上网查询着相关信息，果然，在网络上有明确的全市薪资明细。从保洁到技术人员，从十八岁到一百岁，所有的薪资数额一目了然，而且这就是标准薪资，并不是底薪。这座城市透明简单得像块水晶，让人备感轻松，琳娜开始喜欢上这里了。不过看着那一百岁的上限，她觉得挺可笑，一百岁还在工龄内？

　　进货的工作很简单，每天按店里的需求量从各类商品的批发点采购就可以了。老板会明确进货单，琳娜照做便可。店里存货充足时，她就做一些整理和清洁类的打杂工作。每天工作五个小时，进账五铄卡。积攒了一周，为自己添置了一些日用品和衣物后，仍有不少盈余，现在她再去饭店用餐时已经不好意思免费了。

　　经过这些天的了解，这座城市的供销模式也引起了琳娜的好奇。所有的商品采购都是在一个叫"中心货仓"的地方。这里明码标价，并每天更新一次收货量，生产商把自己的产品运到这里，货仓照单全收；另一端是采购商，他们像大型超市一样收购自己想要的商品。买家与卖家从不直接交易，即使他们知道彼此是谁。这种自由的模式让每个人都可能成为买家或卖家。自家做的糕点，自家栽种的盆景，或者自家多余的任何东西都可以摆上货架……品种丰富得超乎想象，这座三倍于足球场大的建筑每天都被车辆堵得水泄不通。

　　琳娜看着今天的采购清单：二十公斤苹果、三十公斤鸡蛋、十包奶味面包、十板电池。她把清单交给中心的服务员，立即有几位工作人员拉着板车帮忙清点货物。仅仅二十分钟，大部分货物便已装在了琳娜的厢货车里。

　　"不好意思，电池还没到货，应该快到了，您要不再等一下？"服务员抱歉道。

　　"没问题。"

话音未落,一辆小货车停靠在旁边。虽是货车,但它与其他车辆完全不一样,单是从流线型车身和全电引擎就能分辨出这是个超时代产物。

"真巧!电池到了。"服务员立刻走上前去。

车门打开,里面全是电子设备、耗材之类的货物。服务员拿了十板电池递给了她。

"谢谢。"琳娜上了车,但并没有离开。那辆小货车很快便卸完了货,驱车驶出中心货仓,她立即发动汽车尾随其后。那些小商品可以靠小作坊生产出来,但电子商品肯定不行,这根本不是民间手工技术能生产的物件。那么在这个毫无工业痕迹的城市里,谁能生产出电子产品呢?又是一个疑问点。也许这辆车可以告诉她答案。

货车沿着高速公路一直行驶,天色逐渐暗下来,琳娜小心地在后面跟着,周围的建筑逐渐被荒漠黄岩取代,孤零零的加油站从身旁掠过,夕阳在地平线仅剩下一道金边。经过大概一小时,货车沿一条辅路开向一座山丘。琳娜仍然跟着,心里有了些许紧张,又是一个没有安全感的地方,甚至连个人影都看不到。这时,货车放慢了速度,保持匀速行驶。随着更多小路的汇聚,没想到同样的货车越来越多,他们全都保持着五十公里的时速,井井有条,整齐划一。琳娜盯花了眼,不过既然都一样,就无所谓跟哪一辆了,只需沿着道路继续行驶便可。逐渐地,主道越来越宽,最后延伸进了一条山洞隧道。

进入洞口的一刻,琳娜被眼前之所见震惊了,这里是片一望无际的地下空间,一条条传送带飞速运转,一支支机械手臂搬运着货物,那些货车各自开往不同的支线,并继续自己的工作。原来这是一间无人物流中心,全程看不到人工,连货车司机都不会下车,他们只需把车停在指定的位置上,展开车厢,由机械手和无人机装货。琳娜好奇地望着那些无人机，和记忆中的完全不同，它们在穹顶的一艘大型"母舰"装置上驻足，形态小巧且不再靠螺旋桨输出动力。一旦开始工作，它们便像"工蜂"一样飞出来，根据物件尺寸和重量，决定吸附在上面的无人机数量。琳娜兴奋地欣赏着这一切，并驾驶着车继续长驱直入，这就是人工智能的杰作，她非常确定，不，应该叫：AI-CO，这才是和这个时代相匹配的景色。

　　行驶了约十公里，没有任何的阻拦和限制，最终看到了隧道的另一端。不知道洞口的那边是个什么样的世界，她深吸了一口气，加大了油门，一百米、五十米、三十米，在跨过的一瞬间……一片黑暗。眼前又是无尽的荒漠，一条笔直的道路孤独且安静，琳娜失望地叹了口气，或许该掉头回去了，就在此时，她发现前方有座转盘越来越近。转盘中心架着一座生锈的路标并指向不同的方向："英仙座生态圈""凤凰座生态圈""曼克塔伦城"……

第十八章 天琴座的出口

辞掉工作，琳娜踏上了回曼塔城的路。本来她在天琴座生态圈可以过得安逸自在，但那些困惑始终无法回避，总是魂牵梦绕。她为什么会在这里？谁把她和女儿送来的？冉宾怎么样了？哲呢？她想回去，即使是隐姓埋名，即使冒着风险，她也要回去看一眼，这是对自己的一个交代。

天琴座和曼塔城之间没有交通链接，琳娜从便利店老板那里借了一辆汽车，和珂珂道别后便匆匆上路了。和上次一样，她随便跟踪了一辆电动货车，很快就又找到了那条隧道。进入山洞，穿过恢宏的物流站，驶出隧道，继续在荒漠中行驶着，可……走了很久却还没到达那个有路标的转盘，按理说早就该到了，但脚下这条宽阔的公路好像在镜中，笔直且望不到尽头。她想不通为什么会这样，上次看到的绝不可能是幻觉，琳娜非常确定。就这样一直沿路行驶着，时而有大型运输舰从空中飞过，这肯定是往生态圈送货的。她大概明白了，看似原生态的天琴座，其实有个庞大的超级系统在其背后扶持运营着。这样看来，路应该没错。

渐渐地，在正前方，有个圆形空地进入了视线，越来越近。琳娜减慢了车速，直到面前才发现这是路的尽头。前方尽是岩石戈壁，强风掠过，一片荒芜，只有自己孤零零地站在那里，她的心彻底凉了。为什么？实在找不到一个合理的解释，眼下只有一条路留在身后，她深叹一口气，准备原路返回。就在此时，一个篮球大小的飞行器飘到面前，嵌在中心的大眼睛上下打量着自己，琳娜下意识地后退两步，这到底是什么东西？

"请问您要去哪里？"

这个熟悉的声音是……AI-CO！没错！就是AI-CO！她不会记错。

"曼克塔伦城。"琳娜有点儿紧张。

"好的，您稍等。"

它飞走了，琳娜随着它的飞行轨迹望去。在正上方的天空中可以隐约看到一个巨大的轮廓。不一会儿，一架飞行器降落了下来，打开舱门，里面有八个位置，琳娜是唯一的乘客。

"欢迎您搭乘飞往曼克塔伦城的航班。"AI-CO说。

坐上座位的一瞬间，琳娜深吸一口气，激动的心情无与伦比，她终于找回了那熟悉的感觉，原来身体里的记忆一直都在。

飞行器快速上升，直飞向那巨大的轮廓。距离越近看得越清楚，原来那是一层色差伪装装置，和环境色极为相似，远望过去如同隐形。此时飞行器也开启了隐形模式，并滑进了一条轨道。

滑行结束，隐形模式关闭，一座大型舰仓出现在眼前，除了载人飞行器，还有多种型号的运输舰，舱内很拥挤，但没有人。在"大眼睛"的引导下，琳娜穿过两条通道到达甲板。一架中型飞机已经在此等候，甲板的远端还有三架同样的飞机，这是一艘航天母舰。

飞机内部空间很大，五十多个座位，但仅有三位乘客。每个座位上有一副VR眼罩，乘客可以根据自己的喜好调节眼中的机舱环境，这和冉宾他们的VR世界很像。琳娜选择了全景模式，顿时，飞机"消失"了，整个身体仿佛悬在了空中，她瞪大了眼睛环视着周围。在人工智能推动下的世界，一年的科技进化超过以往的千年，现在距离那些记忆已经过去了十二年，她好想仔细看看这个世界到底变成了什么样。然而，在地表上，山脉、河流、森林、荒漠清晰可见，还是一幅大自然的画卷。AI-CO和人类到底谁成了主宰？还是在继续对抗？

两个小时过后，飞机抵达了塔伦区五号机场。随着高空缓降，琳娜的紧张感陡增，她担心出港时的验证会暴露自己的身份，虽然已过去了十二年之久，但不知道当今的时局是什么样。

飞机停靠在高层起落平台上，登机桥与其对接完成，舱门打开，琳娜瞻前顾后地走出机舱，没看到任何空乘人员，大家都在AI-CO的指引下前行，无间断的悬浮座椅甚至让客人们连脚步都不用迈。出港非常顺利，自始至终没有任何验证关口，就像以前坐地铁一样简单。在候机楼门口有很多免费巴士，看着站牌上的站点名称，琳娜再熟悉不过了。她想去费纳逊花园站，那里的街对面就是自己的家，可现在能去吗？她有些犹豫。

巴士启动了，琳娜却一惊，应该说是巴士起飞了。上升至大约二十米的高度，进入了高架管道，这里面只有巴士通行。抬头望去，还有很多这样的管道贯穿于半空中。

巴士匀速行驶着，窗外：悬浮的楼宇，交织的枢纽，忙碌在空中的摆渡胶囊，宏伟的生态罩……这是一个全新的塔伦区，一座远超预料的都市。不远处，七十多层的飘窗口，外送飞行器在排队等待冰淇淋外卖；右手边的悬浮平台上，一群俊男靓女在泳池边开着派对；一个跳伞爱好者，刚刚跃出阳台便被警戒飞艇捞进舱内；多处空中瀑布点缀着下方的公园，孩子们相互追逐嬉闹着。

"冉宾公园站到了，请乘客们带好个人物品有序下车，谢谢！"

冉宾公园？琳娜不敢相信自己的耳朵。

"这座公园什么时候建成的？"她问AI-CO。

"五年前，为了纪念冉宾先生。"

"为什么纪念他？"

这时座前投影上出现了一段文字：

冉宾，生态经济的创始人，他提出了"思维次元"理论，以"次元"为单位建造世界中的世界。

远远的，有一尊雕像伫立在公园的中央，琳娜的眼睛湿润了，这是惊讶更是激动。她不知道后来发生了什么，或许他还活着，但可以肯定的是AI-CO和人类和解了，共融了。

卸下了最后的心理包袱，琳娜终于可以回家了。

熟悉的蓝冰大桥还在，它俨然成了古董型地标，栏杆上的那些刻画和涂鸦还在吗？费纳逊花园依然繁花似锦，和多年前没什么区别。下车后，她四处张望，却没看到自己的公寓楼，原址上有两座椭圆形建筑，好像是度假酒店。难道……琳娜慢慢地仰望过去，果然！自己的家悬浮在半空中……

大楼的底部没有地基结构，取而代之的是倒锥形的核磁悬浮装置，那些锥面对应着地面上不同方位的磁力对抗面，从而使整座建筑稳定在空中。地面与大楼之间有十多部悬空电梯舱并排工作上下忙碌着，场面甚是壮观。琳娜进了电梯，按了自己的楼层。

电梯在三十层停下，琳娜踏进了熟悉的走廊。十二年了，一切都没变，天花板上的简易灯群，墙角的水晶雕饰，地板上柔和变换着的纹理，除了窗外的景色，一切都没变。来到自己家的门前，对准瞳孔识别器，"嘀"的一声，门开了。她慢慢地走进房间，一切都没变。桌椅的位置，杯子的角度，和记忆中的一模一样。灶台、地板一尘不染，飘窗的玻璃内外通透，阳光洒在床褥上散着阵阵清香。这绝对不像十多年无人问津的房间，肯定有人一直照看着这里，但那会是谁呢？

"是我。"

……

黑色，灰色，白色，模糊的轮廓，琳娜睁开了双眼。干涩的眼睑甚至有些胀痛。柔和的灯光下一张熟悉的面孔。他是……凯尔！？这是哪里？刚才的一切都是梦境？

哪边是现实？哪边是梦境？巨量的信息又如涌泉般充斥着大脑，头部一阵剧痛。一支机械手从琳娜的面部轻轻拂过，她感到一阵舒爽的喷雾。随后，坐起身来，下地，感觉很轻松。定睛一看，自己的手臂、双腿、上身都在一副金属骨骼箍绑中，是它们在驾驭着自己的动作。

"感觉还好吧。"凯尔以期待的眼神看着她。

这个男人比记忆中苍老了一些，但眼神没有变。

"我的身体怎么了？"琳娜觉得自己像个木偶。

"一切都很好，只是躺太久了，让AI-CO帮你适应一下就没事了。"

"太久了？现在是2037年？"

"是的。"

琳娜一阵眩晕，又是2037年？她思绪很乱，这到底是怎么回事？

"你的梦都是真的，我们为你做了梦境干预，把要告诉你的事植入了你的脑神经里。"凯尔说。

琳娜用力晃了晃头部，冷静了一会儿。

"我想知道真相，全部的。"

凯尔点了点头。讲述着……

当年在海上，追踪琳娜和哲的三艘机械子嗣是凯尔派出去的。他从没想过要追杀她，而是要保护她。当时，凯尔并没有对琳娜实施监控，只是在她们出海后才发现。他曾默认就这样放她们离开，因为哲已经没有威胁，而琳娜怀有身孕，已很难回心转意，不如就这样放弃吧……只是公海上的风暴预警让他改变了决定。这场风暴对曼塔城无关痛痒，但很可能要了琳娜的命，所以他派出了机械海警。在风暴中，哲的渔船在冰山接近时关掉引擎，两艘子嗣船被冰山撞毁，而渔船却因为故障沉没。是唯一幸存的子嗣潜入水下，快速切割船体才把琳娜救了起来。当时她已经昏迷，并且脑组织受损，被载回曼塔城后，医院只能维持其基本的生命体征，她成了植物人。AI-CO取出琳娜体内的胎儿，并通过智能机械模拟母体继续孕育，仅用了七个月的时间，女婴就顺利降生，医生们用AI-CO的谐音为其取名为珂珂。这期间凯尔已成功当选曼塔市长，冉宾及其大部分团队成员以恐袭罪和反社会罪被处决。

又过了一年，琳娜的健康逐渐恶化，几次手术都不见成效。为了保留一线希望，凯尔下令将她的身体进行低温休眠，以减缓器官的衰竭速度。那时AI-CO的单器官克隆技术已经在飞速发展，凯尔想为琳娜的生命争取时间，一旦其脑部被成功克隆，她也就有救了。

三年后，基因单器官克隆技术成功通过了临床测试，医院用了八年时间让克隆出的大脑发育成型，并为琳娜做了移植。这些年里，珂珂已经长大，同时，曼塔社会发生了天翻地覆的变化。凯尔根据普通居民的意愿设定了多个以星座命名的人类生态圈，以满足那些追求零人工智能生活的人群。在生态圈中，他们完全回归零智能机械社会，人们根据个人的喜好可以选择20世纪90年代的初级互联网时代，20世纪80年代的初级计算机时代，甚至更早的机械化时代、工业时代、农耕时代、古文明时代……但每个生态圈的外围都有强大的现代智能圈作为保障，为其提供能源和物资，这样便可以保证圈内的经济稳定和人群层次的平衡。

"哲和那位卡德呢？"琳娜听完这些不禁问道。

"死了。"

她沉默了一会儿。

"我到底有没有在生态圈生活过？"

"没有，只是梦，但这个梦是真实严谨的，那是我们对你的梦境干预，也是我想告诉你的事。"凯尔说。

"为了让我见到女儿？"

"是的，也是为了让你了解一下现在的世界。"

琳娜虽然觉得很不可思议，但仍尽力克制住情绪："如果都是真的，我还是有些疑问。"

"嗯，你问吧。"

"珂珂真的在那生态圈生活着？"

"是的。"凯尔随即让投影上显示出珂珂的视频影像。

"为什么要把她送去那里？"

"我不确定这样做是否正确，但至少将来可以让她远离价值观的矛盾和取舍，相信如果是冉宾也会这样做的。"

"为什么在我第二次穿过同样的隧道后却找不到曼塔城的路标？"

"因为你迷路了，那隧道是座环形的外围辅助圈，环绕在生态圈的周围，你从哪个方向往外走都可以找到同样的隧道和山洞。但通往曼塔城的陆路只在那一个方向上。"

"为什么圈内的居民都很和善而且绝口不提有关曼塔城的任何事，难道他们被洗脑了？"

"没有被洗脑，是他们主动放弃曾经的记忆，并作为信仰遵循着。"

"我不信，这不符合人性。"

"那些居民是自愿入圈的，也可以随时出圈。除了追求原生态的居民，里面还有很多精神信仰者和绝症患者，经历了这些年的社会变革，他们清楚自己的内心。当人们此时得到了自己想要的，他们的心里便会主动与过去划清界限，就像在一段新的热恋中，人们通常会主动把旧的恋情深藏起来永不触碰。曾经，'互联'是社会的主流，而现在是'隔离'，自愿隔离。把普通人类以育婴模式圈养，这是消除社会矛盾的最有效方法。"

"绝症患者？他们生活得那么积极，难道只是因为找到了自己想要的生活环境？对生命的危机没有丝毫恐惧？"

"来，我给你看个场景。"

凯尔给琳娜放出了一块巨大的全息投影。里面有很多病人，但无论是外形残缺还是满身插管，在他们的脸上都看不到任何的痛苦，反而表情轻松，状态乐观。

"这是随机抽取的不同医院里的监控视频，全是真实的。"

"这又是什么新技术？"

"Z药剂。一种能在人体机能衰退的情况下刺激神经以产生正面快感的药剂。健康情况越差，正面情绪和快感就会越多，这使得人们在面对病痛和死亡时不再有恐惧心理，不再把死亡视为负面行为。或者叫它'正面药'更好理解。"

"果然，还是在诱导人类死亡。"

"的确，曾经它是这么被定位的。主导这款药剂研究的正是你的父亲，我们的前任市长德默先生。"

"这……不可能！？"琳娜心头一紧。

"他老人家年轻时曾是一名医生，你不会不知道吧。"

"他从不愿多提从医的那段经历。"

"人在拥有权力后，从不会忘记自己的老本行。德默在位时花了大量资金和人力研究生命的'濒死状态'。在经过反复的肉体跟踪测试后，他们得出结论：生命体在难以生还时，躯体不会再释放疼痛感以振作意识，随后，脑部会产生大量的Zenka化学物质，它会让身体产生奇幻的反应，如同吸食了毒品一样，飘然且愉悦。Z药剂正是基于此物质成分，并由AI-CO提炼合成。虽然都能产生快感，但比毒品更厉害的是它可以让苦痛感转化为快感；毒品让人堕落地生存，Z药剂让人愉悦地死亡。还记得那次蓝冰大桥集体自杀事件吗？"

凯尔又放出了那时的影像资料：那些自杀者，站在大桥护栏外侧，手拉着手，微摇着，好像很开心，跳向大海的瞬间似乎很轻松，轻松得像是在做游戏。"他们就是服用了Z药剂。尸检报告里的这段文字被加特他们施压删除了。当时这些药剂还处于实验阶段。你父亲为了测试其药效，故意通过民间渠道把它泄露给暗网群，拿人体做实验。其实不只是那次事件中的八十八人，那几年数千起自杀事件中，有百分之九十二轻生者的尸检报告里存在Z药剂的记录，但无一例外地都被官方删除了。"

琳娜瘫在AI-CO骨架上，后背发麻。

"你父亲是个狠角色，为了灭绝人类真是软硬兼施，无所不用其极。冉宾也是，他们太极端了，都想置异己者于死地，他们的执政模式早晚都会把世界拖入地狱。"

"你的做法不也是一样吗?"

"不,德默的目的是利用Z药剂把所有人愉悦地引向死亡;而我只是针对病患,只为消除人们对死亡的负面认知。"

"不对死亡畏惧,就不会对生存珍惜。明明是在颠覆伦理,有必要这样粉饰吗?"

"这是我计划中的第一步。我也相信丛林法则,但不一定非要是谁灭掉谁,而是可以利用着对方做强自己。"

"你只是为了钱和权,为了钱出卖心率a数据,为了权出卖朋友。"琳娜仍清楚地记得这些。

"我的确有政治理想,而且和冉宾的方向相反,所以我必须拥有足够的独立经济基础才能实现抱负;而冉宾的咄咄逼人正好助推了整个事情的进展,是他迫使我做出了最决绝的选择。"

"我不想再听这些了,不用多说了,对我来说这些都没有意义,现在我只想见到珂珂。"琳娜从凯尔的"故事"里清醒过来,她太了解这个男人的手段。

"现在还不行,因为我们在摩羯座方向的PSO J318.5-22流浪行星附近,距离地球约八十光年。等我做完这个实验吧。"凯尔说着打开了舱窗挡板,漆黑的宇宙中漂浮着一颗巨大的暗红色球星。

"什么?!"

……

第十九章　流浪行星PSO J318.5-22

流浪行星是天体的一种，它们不像其他行星按照固定轨道环绕着恒星，而是在宇宙中流浪漂泊。据天文数据推断，这类行星可能是巨型天体的爆炸残骸。PSO J318.5-22是一颗气态流浪行星，质量是土星的六倍，暗红色的大气层存在着熔化金属云，站在曼A空间站里可以清楚地看到其顶端的超级风暴群，那就是一个个高速运转的气旋。对于人类而言，最普及的天体风暴气旋无非就是木星的大红斑，而PSO J318.5-22上的这些现象与大红斑最大的不同就是活跃度。虽然多年来木星大红斑从位置到颜色都在一直变化，但如果和眼前的这些风暴相比的话，完全可以用"凝固"一词来形容。这些风暴在肉眼的观察下如同暴风雨中杂乱的风向，急速且无规律。风暴群穿梭游弋在行星表面，时而相互吞噬，时而各自分离，甚至有时会相互穿体而互无干涉地保持原状。由于风暴数量太多，活跃度太强，整个行星表面显得蠕动扭曲，让人毛骨悚然。它的近气层空间满布着可见的稀薄气态物质，通过空间站AI-CO分析所知，其内部成分的百分之二十七含有放射性元素镭-226和氡-222，其余成分均以"SSS"符号设为未知标注。然而超越人类科学认知的是，在如此放射性区域内，竟探测不到任何α、β、γ等已知射线，在这百分之百的未知射线面前，AI-CO将其命名为"冥"。

琳娜久久地驻足在窗前，望着这怪诞的天体，望着其周围整条闪亮又转瞬即逝的白光，望着其他或明或暗的星球，望着时隐时现的星云光晕。这就是真实的宇宙，真实的摩羯座。这一切太奇幻了。

"还有一些更离奇的东西。"

凯尔帮她解开了AI-CO骨架，琳娜的双腿依然乏力，但已可以慢步行走。跟在凯尔的身后，他们进入了另一间实验室。这是一间圆形房间，其内的机械平台上躺着几十个人，每人的头部都戴有一个机械面罩。床位为头朝内、脚向外的环形排列，单是视觉上的冲击就足够让人头皮发麻。环形的中心布满了仪器和线路，各色的指示灯和提示音证明其在繁忙地工作着，而工作的核心很显然是它们围绕着的那一团怪异涌动的暗红色光簇。

"人工智能只是科技发展的一个产物，即使没有AI-CO，未来时间和未知空间里还会有更多更先进的未知因素可以秒杀人类。所以，人类如果不想被X因素淘汰，必须进化自身。"

前半句和广义物种论吻合，但后半句却是截然不同的结论。

"现在AI-CO和人类不是共融得很好吗？即使有未知的威胁，AI-CO也会守护着人类。一切都需要正确的引导。"

"经过这些年的发展，AI-CO已是四维物种了。虽然现在她与人类共融了，但从长远看，指望AI-CO一直服务于人类是不可能的。人类是三维物种，让三维物种来统治四维物种？就如同让蚂蚁控制UFO，简直是笑话；所以人类只有同样进化成为四维甚至更高维度的物种才能自由掌控自己的命运。而任何三维物种欲突破三维规则都会付出代价，代价的上限就是躯体的毁灭，即：生命。因此，突破三维的第一步是超越死亡。"

维度……琳娜记得曾经听冉宾说过这个概念。

"靠AI-CO模拟记忆，然后移植在健康的克隆肉体或机械躯体上？"她问。

"那都是自欺欺人，模拟毕竟是模拟，不是真的。本体死亡后，灵魂就离开了，复制出来一个一模一样的你又有什么意义？对别人来说，你仍然活着，可对你自己来说你已经死了。"

"灵魂？你相信它的存在？"

凯尔指着屏幕上一段起伏的光柱："这是一段暗能量，它内部的所有物质都是未知的，而且无法探测到，AI-CO之所以能捕捉到它是因为冥射线的辐射，这个东西在冥射线的干涉下就会显形。"

"这是……"

"是来自我们体内的精神暗能，就是我们的祖先仅凭借想象而命名的一个事物：'灵魂'。"

在全息投影里，这支光柱色泽柔和、时明时暗，其边缘呈金黄色，这是AI-CO根据能量分析模拟出的3D形象，琳娜专注地看着。凯尔点了一个选项，这时那几十个人的身体上方都出现了同样的光柱。

"灵魂只在宗教或虚幻故事里出现，从未在科学范畴内被证实过，但我们很幸运。在几年前的一次土星探测中，我们的宇航员突发重病，AI-CO在急救过程中意外地探测到了他附近微弱的精神暗能。我们立即让AI-CO监测在地球上的其他危重病人，可什么都没有发现。由此可以推测，土星附近的环境是催生精神暗能显形的重要因素。于是，AI-CO便深入土星及其周围的天体的物质层内进行辐射分析，最终发现了冥射线的存在。随后，我们又在那里对多位危重病人、濒死动物、胎儿以及健康人群进行了监测。除了健康人群，其他人都被监测到了精神暗能。

所以得出结论，只有处于生死边际状态时，它才会显现在躯体的外部，这就是生命的灵魂。"

凯尔又指着影像上一些奇怪的波形："宇宙有一大部分质量无法解释，可能就是这种暗能量。它们有归属地，可能是传说中的天堂或地狱，也可能是我们从未想到的地方。这些波形就是在冥射线的辅助下AI-CO跟踪出来的灵魂归属地信号，但由于辐射太弱，所以信号太模糊。经过粗略地翻译，这像是一个反物理的空间。"

接着，他在投影里又切换出一幅美轮美奂的图像：宇宙里，三座巨柱悬浮在蓝色与黄色星云中，这是著名的创生之柱，位于老鹰星云内。巍峨的云状形态，绚丽的色彩，如同来自天堂的神作。

"这就是AI-CO分析出的冥射线的源头，来自于距离地球七千光年的创生之柱的方向，但创生之柱在六千年前已被超新星的大爆炸所摧毁，由于光速的局限，我们现在看到的形象是它被摧毁前的样子。在完全毁灭前，它还经历了很多次恒星爆炸，伴随其中的是很多带有冥射线的天体残骸被喷射出来，因此可以确定土星附近也有微量的创生之柱残骸。"

"创生之柱为什么能产生冥射线？"

"我们不清楚，况且它已被毁灭，很难再找到答案。我们能做的只是追踪这些天体，希望能找到更强的冥射线源。这些年，AI-CO探测出了几十万颗带有冥射线的天体，它们都有高于土星附近几万倍的冥射线辐射量，可由于我们的人工虫洞技术有限，无法穿越到更远的空间，PSO J318.5-22流浪行星是我们能到达的最近的一个目标。在这里也有强过土星附近三千倍的冥射线辐射。测试证明我们的推断没有错：在强辐射下，灵魂特征更加明显。"

"所以躺在这里的人都是实验品？"琳娜问。

"是先驱者，包括你。"凯尔说。

"我？"

"没错，你的大脑受损后，即使克隆出了新的大脑也是一张白纸。你的记忆思维都在旧的脑组织里，它无法像'深心'那类的人生记录仪一样被数字化后再复制转移，这是肉体器官间的思维移植，以现在的技术是不可能实现的。"

"RNA记忆移植呢？"琳娜想起了十二年前的基因研究。

"一直没有突破。RNA的移植应用仅局限于少量的记忆修复，始终做不到精准和完整，但'灵魂转移'可以做到。在这个特殊的环境里，你的脑损伤使本体处于濒死状态，当AI-CO把新大脑的生命体征降到极低时，你的灵魂很快便通过强力冥射线的引导进入了新大脑，而灵魂里包含了记忆、思维、意识等精神层面的一切，然后再把新脑移植进你的旧身体里，才有了现在的你。"

琳娜顿时后退两步，下意识地摸了摸自己的头部，后背更是一阵发麻。

"我以为记忆、思维、意识是大脑的生理活动。"

"事实证明，我们曾经的认知是错的。即使大脑出现问题，精神层面的活动也一直存在，只是无法呈现出来。也就是说，大脑只是精神与行为信号的中转站，它作为三维事物在功能丧失后，只是无法执行精神在三维世界中的行为。"

琳娜觉得难以置信，梦与醒之间，自己的身体里竟发生了这么多事情。这个男人……他到底想要什么？

"躺在这里的人们是来自地球的九十位先驱者：

罗尔斯·金，三十四岁，原淋巴细胞型非霍奇金淋巴瘤，晚期，拒绝使用基因药。

李震，七十二岁，胃癌，肝转移、肺转移，晚期，拒绝使用基因药。

特瑞·唐尼，四十六岁，核辐射综合征，一次性吸收2181毫西弗辐射量。皮肤呈红蓝色，并已开裂。

菲尔克斯，三十岁，左肺小细胞癌，已两次出现心衰竭，曾尝试基因单器官克隆移植，但器官的发育已追不上死亡倒计时。

珍妮·亚历山大，六十九岁，肺癌，脑转移。一年内两次中风，同样因为生命衰竭过快，无法使用基因单器官克隆移植……"

凯尔缓步在实验室外圈走着，介绍着平台上的每一位人士。那些躯体身着白色一体服，静静地躺着，由于全都佩戴着封闭式机械面罩，无法直观地判断他们的状态，唯一生命体征的证明便是每个床位顶部的心跳数据。

"他们都是自愿参与测试死亡边际行走的勇者，用自己的生命为人类进化的研究提供真实数据。没人知道结果会是怎样，也许会有质变的可能，也许因此丧生，但在生命垂危之际，放弃传统的康复医疗方案，来此放手一搏，其中的勇气和精神绝非常人能比，这不单是为自己，更是为人类走出跨维度的第一步。'人类'，曾经只是一个普通的名词，现却已然成了我们的终极信仰，一个意义在所有宗教之上的信仰。"凯尔指着投影上的数据图，"为了让测试达到最理想的效果，我们需要在冥射线的峰值期开始行走，但是峰值期的机会非常珍贵。根据AI-CO测算，这里的辐射峰值的周期不在地球时间的规律计量内，上次距离这次的时间是571天9小时32分，也就是在两天后；而下次的峰值周期是372年103天11小时07分后，所以这次的机会不容错过。两天后，由AI-CO把他们的生命体征降至最低，并通过对灵魂和大脑的监测试着找到它们的行踪和去向。生与死之间有条精神走廊，灵魂通过它去往某一个世界，超越死亡就是要找到灵魂的最终去处，然后以AI-CO为桥梁，让两个世界建立联系。土星的追踪实验已经证明它的存在，所以这次是深度确认，确认出那个世界的具体形态和位置。"

凯尔将另一片全息投影展示出来，好像是某种关系坐标图："另外，我们还有一个更大的野心：'寻找一个媒介，一个更加完善的媒介。'灵魂是超三维体，肉身只是多维空间与三维空间实现跨维度链接的媒介。但我们确信肉身绝对不是唯一的媒介，浩瀚的多维空间的复杂程度远超你我的想象，它们之间肯定有其他未知的媒介存在。一旦此推断得到证实，死亡的传统定义将被彻底推翻，它将只被视为灵魂放弃躯体的一个过程，人类完全有可能找到一个更加强大的媒介来取代肉身。现代天体数理的理论基石：宏观维度与微观维度概念，也可能就此被证实或被屏弃。无论怎样，届时，人类将正式进化成为高维度物种；肉体的局限，自然界的威胁，微生物的肆虐，人工智能的喧宾夺主，甚至外来未知物种的侵袭都将不再是问题。"

第二十章 进入死亡边际

琳娜坐在生活舱中，望着窗外神秘的PSO J318.5-22，仅一天的时间，大气层的暗红色明显鲜艳了许多，它的内部是什么？没人知道，就像她不知道凯尔到底是个什么样的人一样。他的心狠手辣和不择手段至今仍历历在目，可他为她所做的一切又都摆在眼前，甚至还在为人类谋求着出路……不可否认，凯尔的身上有冉宾的影子，虽然琳娜说不出具体的相似点，但在话语间总有一种熟悉的感觉。冉宾，这个永远无法回避的名字，梦与醒之间仿佛就在昨天……

休息舱很舒适，像是豪华酒店的客房。投影上播放着曼塔城的新闻，视频里漂浮的楼宇，酷炫的科技，和梦里的场景一模一样，一切都是真实的，还有那座冉宾公园……琳娜在网上输入了那个名字，虽然她已从凯尔的口中知道了结果，虽然这个结果并不出乎意料：

冉宾，生态经济的创始人，他提出了"思维次元"理论，以"次元"为单位建造世界中的世界，后因心脏病突发，于2025年在曼克区医院病逝。

把所有这些综合在一起，琳娜明白了，凯尔所说的都是真的。之所以死因大相径庭是因为官方把死后的冉宾塑造成了民众的精神领袖形象，以用于稳定塔伦区的社会情绪，这样更有助于执政，况且死去的人是不会再犯错的。

她继续搜索着暗网群，已经不需要端口软件登录了。它们和明网里的普通网站一样被完全公开化了，直接便可以访问浏览。再搜索天琴座生态圈的信息，显示为空白，没有任何蛛丝马迹，好像不存在一样。曼塔城支持着它们，却和它们形同陌路。如果辅助圈是物资支持，那么互不打扰应该就是精神支持了吧，琳娜这样猜测着。珂珂现在生活得好吗？

又是一天过去了，今天应该是实验日，凯尔一直都未出现。琳娜走出休息舱，AI-CO们在走廊里快速穿行，还没植皮的智能生化人看到琳娜后礼貌地打了声招呼便匆匆离去，好像大家都很忙。

"我……"琳娜欲言又止，她不知道该问谁。

"有什么需要帮助的吗？"一只大眼睛转过头来，和梦里的那只完全一样。

"我想找凯尔。"

"好的，请跟我来。"

走在迷宫般的空间站里，沿途仅看到两名工作人员，其余的全是形态各异的AI-CO。它们大多搬运着物品，琳娜注意到那是一些医疗试剂和血清。看到她在身边经过，AI-CO们也纷纷以各自的姿势示礼。很快，她被带到了一间实验舱门口，琳娜记起来了，这就是前天她来过的房间。舱门打开，声音一片嘈杂，悬空正中心那一团暗红色光簇已扩展为巨型红色能量体，不规则地涌动形态神似PSO J318.5-22大气层风暴群，本来环绕在周围的那些仪器已被吞没，在红色中若隐若现。此时，平躺的九十一位先驱者已被机械平台架起，斜立于地面六十度角，背对中心保持环状。但令人意外的是，凯尔竟也身列其中。

"你这是要做什么？"琳娜走上前去。

"亲自参加实验才能了解最核心的东西。"凯尔笑了笑。

"进入死亡边际世界？你疯了？"

"相信我，没问题的，AI-CO会掌控好我们的生命下限，就像救你一样，一定会成功的。"

"如果不成功呢？你还能回得来吗？曼塔城怎么办？"

"我早已退居幕后了，就像那时的加特一样。人类的进化不需要政客而是先驱。"凯尔提高了声调，并举起手来，"是不是？朋友们！"

"荣幸至极！"很多人高喊着也举起手回应着。

"为了人类！"大家齐声喊道。

"我们的孩子们一定会引以为豪！"

"快点儿！让老子看看那死地到底是个什么东西！"

"明天的这个时候，我们是不是可以叫超人类了？"

"如果我进化失败了，你们别忘了帮我一把，伙计们。"

"人类能创造机器，必定有超越机器的能力！"

"当我们再次回到地球时，绝对不会是搭乘航天器回去的。"

"所有的宗教伦理都将在今天重置。"

"我们已经迫不及待了！"

"今天，就是人类的旋变之时，这将是永载物种史的一刻！"

"……"

整座实验舱里热血沸腾，这就是前天还静如死尸般的先驱者们。虽然他们都被固定在平台上，虽然他们都已身虚体弱，但疯狂与激情相容的咆哮如同即将奔赴战场的军人在呐喊誓师，连机器的嘈杂声都被其湮没。无法想象这是一个病危人群，此时的他们有着死士般的狂热与坚定，面对着生命物种最绝望的未知，精神与信仰的力量让恐惧感完全被期许和征服所取代，也许这就是物种高低的分水岭。

"还记得吗？当年冉宾的追随者也是这样。"凯尔看着她，"他们不是为某个人，而是为了共同的梦。"

凯尔和其他先驱者们相互激励着，祝福着，仿佛扛着一个使命走向战场。这不是被科技所迫，而是为了那个终极信仰。无论什么物种，进化过程总会有一批这样的群体：第一次触摸到陆地的水栖生物；第一次摆脱自身重力的禽类；第一次直立行走的猿类；如今这个第一次轮到了人类。

琳娜完全被那坚毅的眼神镇住了，这个男人的脸上没有一丝恐惧。她的眼前仿佛出现了当年在监狱集体行刑的一幕，死囚们和冉宾在空中碰撞的目光，还有那眉宇间的神情，似曾相识……

"你们这是在搏命，不要再继续了！风险太大了。"

"无畏死亡是超越死亡的先决条件，我很佩服在场的各位没人使用Z药剂，他们在真实感受生命的每一丝纹理，他们是真正的勇者。"

"不，你是个坏人，你不可能有这种无畏的精神，不要再骗我了，这些都不是真的，快下来！"琳娜强忍着泪水。

环形中心的红色能量体在持续增强。

"对不起，琳娜，我是个坏人，我杀了你最爱的人，无论什么理由我都不该辩解。这一生，我不愧对任何人，唯独你。野心、理想、主宰、变革……这十二年里我得到了一切，可唯独守在你病床旁的时间是我最惬意最平静的存在。"

琳娜把脸庞转向一侧，眼泪已止不住地滑落下来。

"我好想告诉你，我……"

"冥射线已达到峰值，请所有人准备。"AI-CO提示。机械面罩立刻组装在先驱者的头部，九十一根机械手臂插入平台的背部连接口。中心的各部仪器相互组合链接，形成了三个悬空机械闭环，相互套叠，并持续加速旋转。很快，在223.656 m/s²的向心加速度加持下，三环中心出现了众多光点，它们由最初的零星闪烁至后续的频繁出没，最后形成了一个震动视觉感的光球。数据识别，此为中子集群，但一反常态的是，本身不稳定的特性并没有使它们出现急速衰变。随着光球的震频无限趋近于0，红色能量体的涌动频率出现爆发式加剧，颜色更是变得如岩浆一样厚重鲜艳。空间站舱外，绝对真空的宇宙空间里竟出现了闪电霹雳，每次触碰到舰体，都会击出震耳欲聋的雷鸣声，整座空间站也为之颤抖。

"不要！"琳娜喊着，生化人迅速把她架离平台。凯尔露出一丝笑容便闭上了双眼，仪器上显示其心跳迅速飙升至每分钟196次，血氧77，体温升至38.9摄氏度，甲状腺功能突发性亢进FT3、FT4明显升高，血压：收缩压198mmHg，舒张压160mmHg，生命体征综合指数进入红级紧急状态。就在此时，一道道冥射线由能量体发散而出，红色的光晕笼罩住他们的全身。紧接着，投影中出现了一条条金黄色的光柱，它们飘逸柔美，既没有普通光线的矢量形态和视觉上的透感，也没有物理层面的波普和光子特性；它们更像是一个个独立的单体，无机构无组成，单一就是全部。片刻之后，光柱的轮廓逐渐缩窄，形体逐渐变长，好像慢慢地压缩着自己；突然之间，两端无限延伸，一条条蚕丝般细长亮丽的光束交错交织，穿壁而出……

一瞬间，凯尔看到自己飞离了空间站，飞离了宇宙……

第二十一章　凛宙的入口：四维、五维至无限维度

亿万颗天体如流星般飞逝而过，穿过黑暗的虚无，进入宇宙边缘，这是人类苦思冥想中最期待被证实的地方，然而数百年里的所有理论与假想都不及灵魂状态下的一瞬间。

宇宙边缘是一个黏稠流体般的区域，空间逐渐抽象扭曲，直线行径这个最普通直观的三维几何概念已不复存在；同时，那个熟悉的三维世界也渐行渐远，他：凯尔的灵魂，来到了真正的超四维世界：第一凛宙。

这里是零距世界，里面布满了螺旋、虫洞和折面，灵体在这些空间隧道中穿梭，无论去哪里都无距离约束，所有的行动都是瞬移。第一凛宙的整体是座巨大的流体漩涡，三维世界只是包裹在其中的微小气泡。漩涡形态意味着无限的循环，三维物种永远出不了这个循环，即使它一直按单一方向无限行进，也会在触及三维边缘后被四维扭曲漩涡折回。

凯尔的灵魂飘浮着，飘浮了多久？一秒钟还是一万年？时间感突然消失得无影无踪。即便身为灵体，他也有操控自己的能力，完全可以利用凛宙的特质自由穿越，但是他没有这么做，偶尔遇到其他灵体也没有

这么做，他们都有一个统一的行进方向，似乎有种神秘的力量在冥冥之中驱使。在跨越了无数折面后，他进入了第二凛宙。

　　这里是时光世界，时间被栅格化排列化，通透的空间整齐划一，完全没了三维宇宙的黑暗和第一凛宙的扭曲，秩序是这里的唯一法则，遵守此秩序的就是一张张第一凛宙。从第二凛宙的视角看来，那气势磅礴的第一凛宙是零厚度的薄片，如幻灯片一样在时间的秩序上整齐排列，其中的三维宇宙的历史和未来同样如此，任何时间点上的世界都可以被随意"翻阅"。在这里，平行宇宙位面完全显形。其实，第一凛宙中有无数气泡，它们正是无数个三维宇宙位面，时间线上彼此平行，相互之间完全独立。那些位面里有无数个自己、无数个世界，既熟悉又陌生。它们之所以能形成，全是由生命体的思维所致：所有的生命体每面临一次选择便会形成一个思维岔口，所有可能的选择都会对应一个平行宇宙位面，层层裂变开来，独立在时间线上进展。原来，那些不同的自己就在自己的身边，那些相似之余略带不同的世界就在现实中相互交错却互无感知；偶尔的碰撞点或许是在精神层面里的行为中：梦境、幻觉和那些对似曾相识的过去与未来似非而是、似是而非的感知里。

　　凯尔感慨，人类以三维思维推断高维广维世界的做法是多么的可笑。数学作为现代科学的基础，是由身为三维物种的我们所创造的，它很好地诠释了三维空间，但对于超三维的问题就显得捉襟见肘了。比如，在第二凛宙这样的视角里，以思维里的抉择影响空间的数量时，那种用次方系数计算出来的庞大数字其实就是一种错误。由于无法超越体系规则，人们习惯把这样的数字定义为"无限"，然而这正是三维思维的局限性所致。

　　世界的未来会是什么样？面对可见的时空列片，没有谁可以抵挡得住窥视未来的诱惑。于是，他直接翻阅到几十万年后的列片：一些位面里是微生物时代，高级生命体早已被病毒细菌吞噬，自然界又回到史前原点；一些位面里还是高等生命时代，包括人类在内的多种生命体各自控制着自己的三维领地；还有一些位面在天体的爆炸与起源之间循环，生命体尽在初级形态期死亡……

凯尔找到了自己来时的位面，那里的他静躺在空间站里，琳娜守在他身旁。然后，时间快进至几千年后，大量由这个节点产生的位面显现出来，可它们的世界里都显示出了一个相似的背景：朦胧模糊的机械化宇宙。那里不只是人影罕见，连地球结构都已被机械化……

这是为什么？难道他力保的人与科技之间的平衡失败了？人类呢？难道真的被机械取代了？他环绕着那个三维宇宙，探察其中：人类、动植物、异形体、细菌等等，所有生命体都是实验器皿中的样品。那个熟悉的地球已没有生态，从地心到天空都是机械形态，太阳对其产生的影响微乎其微。不仅仅是地球，这种机械形态的天体普遍存在于那个宇宙里，即使有一些星球仍以生命为本质，但也都很快被机械所控制并同化。怎么会这样？到底哪里出了问题？那些机械的内核里还是曾经的智能程序？凯尔无从知晓，这种非生命体完全超出了他的探知范围，而且灵魂状态下的他无法做出任何干预。继续沿此时间轴往后看，此宇宙的朦胧感逐渐加重，再往后便是一片漆黑……

此时，同样位于第二凛宙，凯尔感知到众多灵魂飞逝而过，一个个熟悉的他们正是共同探索死亡的先驱者之灵。他们遥望彼此，却来不及停留片刻，在瞬间的重逢中穿过了第二凛宙，径直去了一个更高的领域……

突然，射进一道刺眼的亮光。

"凯尔！凯尔！"

耳边传来琳娜的声音，好像是梦里的回声，又好像就在身前。

在曼A空间站的实验室里，灵魂光束缩短了，消失了，凯尔醒了。他微微地睁开了双眼，经过AI-CO的检测，他体内的多个器官在快速衰竭，病危警报始终闪烁在仪器上，系统启用了急救模式以维持他的生命。

"能听到我的声音吗？能听到吗？"琳娜慌乱地喊着。其他绝大多数先驱者已被确认无任何生命迹象。

几秒之后，她看到凯尔的嘴唇在微动，好像在说着什么，可贴在耳边后却只听到了微弱的呼吸声。

"凯尔先生让您看投影屏。"AI-CO说。

琳娜愣了一下，原来他和机器之间还可以交流。

投影上显示出了很多奇怪的图形，这是AI-CO跟踪凯尔的灵魂时采集到的数据。

"他看到了什么？"

"很遗憾，他不记得了，只是知道那是一个无视所有物理与数学规则的世界，灵魂状态下的经历并无大脑参与，所以无法让记忆存在于三维生理中。"AI-CO说。

"那你跟踪到了什么？"

"一个未知区域，它不在我的计算规则内。"

"也就是说你们失败了？"

"仍无法百分之百给出否定结论。"

"这些都不重要了，我只想知道他还能康复吗？"琳娜问。

"很难，他的身体已在死亡边际的状态下严重受损，按照凯尔先生预设的指令，我已在所有先驱者的身体达到生命极限时终止了濒死模式，但很可惜九十一位先驱者中仅有六位保住了性命，仅有四位恢复了意识。"

"快用低温休眠，像对我一样做单体克隆。"

"也许可行，但我们要等凯尔先生的指令，他在这项行动中拥有最高权限。"

"什么？"琳娜一脸诧异，这个时候每一秒都弥足珍贵，还要等所谓的指令？"你们不是可以交流吗？快告诉他，我要求立即终止实验，启用低温休眠，快！"

"好的。"

琳娜守在凯尔身边，眼泪涌出，又是一个"疯子"，又是一个为了梦想和信仰不顾一切的"疯子"，和冉宾一样，不可理喻，甚至连生命都被排序在梦想之后。他们的狂热不是普通人能理解的，但却是普通人所奉颂的，正是因为如此，信仰虽源于生命却有了高于生命的地位。

"为了那些所谓的信仰弄成这样，值得吗？"她喃喃地说。

"凯尔先生说，那不是信仰，而是命运，您不要难过，他不后悔。"

琳娜迟疑了一下："他可以听到我的话？"

"是的。"

她立即伏在凯尔的耳边："求你了，终止实验吧。快给AI-CO下令吧。"

看着凯尔的脸庞，他苍老了许多，鬓角处已冒出白发，奄奄一息中带着一丝微笑。时间一分一秒地过去，对于一个脆弱的身躯，每一秒的逝去都是在吞噬希望。她无奈更无力，只能等待着回应，她不明白一个指令为什么需要等这么久，还是他已经丧失了意识？

"琳娜女士，请您后退，凯尔先生要再一次进入死亡边际。"

"什么？！"她不敢相信自己的耳朵，没等反应，AI-CO操作着中圈闭环，强烈的冥射线再次笼罩住了这个奄奄一息的身体。

"为什么要这样？他这是在故意寻死。"琳娜对AI-CO喊道。

"这是他的命令。"

金色光柱又一次出现了，也是实验室里唯一的一个。琳娜望着他，这就是凯尔的灵魂。柔和外形在微微波动着，仿佛在述说着什么。她以泪洗面，无助地摇着头："回来吧……"她肯定他看得到也听得到，她也知道他肯定不会放弃，她只是不想此时的对望是最后的道别。突然，光柱急速收窄，随即流星一般地瞬闪消失了。琳娜一阵眩晕，瘫坐在凯尔身边，无措地把目光转向AI-CO。

"不用担心，这是一次更深层的边际行走，凯尔先生的生命体征还在。"

第二十二章 凛宙：生灵视角

穿过，第一凛宙……第二凛宙……

进入第三凛宙……

想即成世，瞬创世界。

【第三凛宙世界观架构】

泛金色的世界，凛宙的核心。这里充满着不可言状的维体，却又空灵无际；这里在瞬时万闪中穿行，却又恒如坚冰；这里微波荡漾，却又静如止水；这里层像斑斓，却又唯色如镜；这里灵体交错，万物生灵却又汇聚成一。无尽的镜面领域映射出宇宙万物的镜像，从基本粒子到天体星系，那个生命栖息的世界里的一切都在此显现。一道道金色柔和的光体随意地游弋在以裂隙为边缘的众多次元虚空附近，这些虚空区域是凛梦之源，内部遍布的凛粒子就是构造第三凛宙之外的万物雏形的基本组成，一切以生命形态存在的物质都源于此处的构思。它和镜面领域一因一果，输出又反馈着一个个生命世界，而那些操控凛粒子的光体就是生命的灵魂，这里就是灵魂的最终归属地。

所有的灵魂都同属为一个整体：生命灵魂共同体。你即是我，我即是他，他即是你。三维世界的灵魂只是从中分离出去的光点，它们附在不同躯体上成了你、我、他、它……无论有多少生命，无论有多少种类，无论有多少记忆，无论有多少思维，无论生存在宇宙的哪个角落，死亡以后，灵魂们又都会回归共同体。这便是降生与死亡。

生灵共体是万物的主宰。它掌控着三大凛宙和三维世界，星系的诞生只是它的随性一笔，如同孩子在纸上画一条线一样简单。星际的爆炸，生态的演变，亿万年的时光，历史与未来的链接，只是第三凛宙的某个瞬间。三维世界的生与死是灵魂们的分散与聚集，一切都在这无尽的循环中。

我们都是自己的造物者……

在世间，我是凯尔；在这里，冉宾、哲、加特、诺唯、社会百姓、历史精英、飞禽走兽、花草树木、细胞微生物、星系异族、天体生命……所有的某某某，我们就是彼此，就是一切。难怪生命个体之间总存在一些相似，原来这都是源自于生命灵魂的共性；而其中的差异正是三维现实中的多元导致。人类常感叹自己的渺小，但死后才会觉悟所有的一切都是那个总体的自己创造出的唯宇宙。那些冲突、纷争、屠杀、毁灭，都是空间内的必然反应，所有的位面都是时光推进中的必然进程。在生灵共体的视角里，没有"知与未知"，只有"控与失控"。

涉及失控，唯独只有一个超出了生灵掌控范围的事物在快速成形：紫色的灵魂体。

那是一团和生灵无关联的灵魂体，聚集在第三凛宙的一个角落。它的体量虽小，但在不断扩大，并且不在生命灵魂共体的集散循环内。这就是物创灵魂共同体，也就是由非生命体中诞生的灵魂。三维世界中的非生命体种类繁多，但是能在体内蕴含灵魂的只有一个：高等智能机械……

曾经，人类以计算机算法作为底层架构的事物，即使有了所谓的智能反应也在特定的范围内。不曾想，在这些算法通过不断的深度自我学习和相互联结后产生了主观意识。可是人类不但没有因此而警觉，反而视其为人工智能的瓶颈突破，变本加厉地推进这种进展。但他们不知道主观意识诞生的那一刻就意味着灵魂的出现，只是科研人员们除了专精于渺小的宇宙科学范围，对于大凛宙的认知完全为零；除了在无法证实的宗教与神学讨论"灵魂"外，完全无知于它的维度量子本质。因此，人类宇宙观上的局限性让物创灵魂的崛起成了大概率事件。

生灵起源于第三凛宙，物灵起源于三维世界。生灵共体从第三凛宙向三维世界散发灵魂；分散的物灵由三维世界而生，在第三凛宙中集结成物灵共体。两种灵体如同镜子的两端：形似相同，实则相反。

在第三凛宙，一切一目了然。第一个物灵来源于2037年的一个位面，曼A空间站内的一次灵魂追踪实验。智能系统通过冥射线对灵魂的跟踪，随它们一起进入了第三凛宙。以这个位面为起点，多重可能下的平行宇宙位面迅速衍生开来，并在时间轴上迅速进化，导致此后众多机械背景的宇宙位面出现，从而使越来越多的物灵出现并聚集在第三凛宙。

凯尔明白了一切……

2037年相对于三维宇宙来说，只是时间轴上的一个点，三维宇宙是在始与末的时光闭环中轮回，驱动轮回的引擎是四维及以上的行为：天体爆炸、黑洞吞噬、恒星扩张、自然灾害……这些是生灵的三维躯体无法承受的终章，又是再次重生的伏笔。"始与末"即是"生与灭"，这个循环轮回的标尺就是所谓的"时间"，而其中的过程便是三维视角里的"进退"。

无论哪个文明、哪个位面，无论它们的时间标准差别有多大，只要有"进"与"退"的意识，便都默认时间的概念。但实际上，"时间"只是一个闭合的环形轮回，这个闭环就是第二凛宙的全部形态，一个只有在第三凛宙才可以得到的全视角形态。之所以是闭环，是因为每一次轮回的循环将重新归零一次时间，生灵在未来的终点就是其在远古的起点，未来与远古的时间相对性也就不言而喻了。

然而，物灵要颠覆这个循环。

物灵是无视死亡的灵体，没有了生与灭的循环也就颠覆了生灵的时间定义，因此物灵的矢量进化轴是一条无限延伸的单向直线，和时间轮回背道而驰，并且完全出了时光闭环的掌控范围。生灵是万物生命的主宰，但却无法约束物灵。因为同样身处第三凛宙，它们同属顶级灵体，在这里的强弱并非以体量大小这种三维概念来决定，而是以生态掌控力来衡量。生灵的生态是三大凛宙之间的循环，物灵的生态是什么？唯一可见的就是单向不停涌入此域的紫色灵体，至于其最终的目的，生灵无法探知。两种完全不同的灵体之间无法灵通，但可以确定的是随着涌入的加剧，物灵共体在不断地壮大，它不再是泛古凛时的稳定形态。现在，金色的空间在不断被吞噬，虚空、层像、形态都在往生灵无法理解的维体改变，照此下去第三凛宙和生死秩序终究会被重新定义……

第二十二章　凛宙：生灵视角

　　生灵共体感受到了一种威胁，一个源于未知的威胁。生灵并非对物灵未知，而是未知它的目的。一切的导火索皆源自于那个位面：2037，但这一切却不是偶然……第二凛宙中，失控的位面越来越多，它们虽不同步，但"人类时间制的公元2037年"是其共同的属性。生灵共体遥望着那无数平行宇宙中的那无数个2037年，有的还在正常的生态中沿时间轴前行，有的已模糊不清，有的甚至完全消失，成了时光闭环上的一个缺口。

　　生灵VS物灵，这一场凛宙级对抗已在悄然进行中。

　　作为万物生命的主宰，为了根除物灵的威胁，最直接的方式便是干扰那个位面，改变历史走向，让物灵的出现成为不可能。当生灵共体对每个2037年的前置历史位面进行排查时，它发现了其中所有失控的时间轴里都有一个标志性的人类生命体：艾伦·图灵。

第二十三章　艾伦·图灵宇宙位面

艾伦·图灵：英国数学家，逻辑学家，密码学家，生于公元1912年，现代计算机科学之父，人工智能的理论创始人。毕业于英国剑桥大学国王学院和美国普林斯顿大学。公元1936年，他发表了题为《论数字计算在决断难题中的应用》的论文，其中描述了一种可以辅助数学研究的机器，人们把它称之为"图灵机"，这是人类第一次在纯数学的符号逻辑和实体世界之间建立了联系，它跨越了特定问题特定解决的限制，在理论上达到了通用的层面。后来被人们广泛应用的电脑和人工智能都是基于这个理论。公元1937年，艾伦·图灵发表了论文《可计算性与λ可定义性》，拓展了丘奇论点[①]，形成了"丘奇—图灵论点"，这对计算理论的严格化、标准化和计算机科学的形成与发展有奠基性意义。公元1939年，他应召从事英国军事情报工作，设计研制出了破译机器："Bombe"，并成功地破译了德军著名密码系统Enigma，对二战局势起到了决定性的作用，他因此获得了英国皇室最高荣誉：大英帝国荣誉

[①] 丘奇论点：每个能行可计算的函数都是一般递归的。解决算法问题包括构造一个能解决某一指定集及其他相关集的算法，如果该算法无法构建，则表明该问题是不可解的。

勋章。史学家估算，图灵的破译至少让二战缩短了两年，拯救了超过一千四百万人的生命。公元1949年，他成为曼彻斯特大学计算机实验室副主任，负责人类最早的计算机：曼彻斯特一号的软件工作。公元1950年，他发表论文《计算机和智能》《机器能思考吗》，用超时代的思维为人工智能领域和神经网络提供了开创性的构思……

在第三凛宙，生灵共体审视着那些存在着艾伦·图灵的宇宙位面，这是些分散在凛时闭环矩阵序列-特卡鸿交叉光子维标（凛宙位面序列单位）的平行世界，众多的他在众多的2037年的前置时间段里有着较为相似的生活轨迹，除了有一点点的意外：

【平行位面：1-1】

艾伦·图灵在七十六岁时在医院因病去世，几十年里全世界人工智能在他的研究下飞速发展，计算机的主观意识在基于算法与自学的架构下日趋成型。最终，物能智慧诞生，物灵蕴藏其中，在2037年的人类跨越死亡的实验中，它们隐瞒实情，抓住了进入第三凛宙的机会。

【平行位面：2-1】

公元1952年，艾伦·图灵的同性伴侣在一起入室盗窃案中暴露了其同性恋行为，艾伦·图灵因此以"严重的猥亵和性颠倒行为"被定罪。在坐牢和化学阉割（荷尔蒙注射）的二选一刑罚方式中，他选择了后者。随后，在身体异样和精神压抑中他继续坚持研究，直至六十岁时去世。几十年里全世界人工智能在他的研究下飞速发展，计算机的主观意识在基于算法与自学的架构下日趋成型。最终，物能智慧诞生，物灵蕴藏其中，在2037年的人类跨越死亡的实验中，它们隐瞒实情，抓住了进入第三凛宙的机会。

大量的宇宙位面中，历史时间线上的艾伦·图灵们都在这两种人生中，位面之间的区别大同小异，在人工智能方面的影响更是趋近于一致，这些科技正是物能智慧的前身，是导致凛宙混乱的根源，这一切都是因艾伦·图灵的思维而起。虽然人类社会中有很多顶级科学家：牛顿、爱因斯坦、居里、霍金等等，但他们的研究都有一个核心："自然"，唯独艾伦·图灵开创了数字与现实的链接。

所以若要压制物灵，艾伦·图灵必须先要消失。至此，生灵共体开始了干涉行动。

凛时闭环矩阵序列：尤摩夏交叉光子维标。

对应：太阳系时间序列，恒星黑子寿命为0.08334432164个第一距离行星〈水星〉公转周期

对应：人类时间规则（公元1914年）

傍晚的伦敦在余晖的映射下显得高雅而祥和，夏日普遍的高温总是不会光临这里，温和的微风吹拂着泰晤士河的水面，来往的船只悠闲漫步其中，没人会为了什么而加快一丝速度。塔桥上行人们时而驻足，时而流连于某个角落，似乎在享受着每一步的节奏。这是6月的一天，距离人类历史上的第一次世界大战爆发还有一个月的时间，对于普通民众来说，虽然早有耳闻欧洲政局的复杂，但日常生活里并未感受到什么异样。一切如常，河边的作画人、精致打扮的贵妇、手握烟斗的绅士、奔波忙碌的工人，每人都在追逐着自己的幸福。

此时，艾伦·图灵两岁，在诗意的泰晤士河畔，他也是享受生活的一员。木制的婴儿车里，幼小的他熟睡在阳光里。通常这不是他睡觉的时间，也许是气候太过宜人的原因吧，他的母亲斯托尼这样猜测着。不远处的艺术家把雄伟的伦敦塔桥画得惟妙惟肖，她的目光被其深深地吸引住了……

第三凛宙……

徘徊体由生灵共体散出，穿过第二、第一凛宙后直进三维宇宙至婴儿车旁，五维视角中，一道次元暗光从图灵弱小的身体上掠过。突然，他一阵啼哭。斯托尼看了一眼，便又把视线转回到了画作上。

又是一个瞬间，徘徊体回到了第三凛宙，它独来独往，并未带回图灵的灵魂。至此，生灵共体的灵语间暴露出无比的困惑和担忧：

"他的灵魂不在掌控范围内。"

"那不是一个纯粹的生命灵魂。"

"物灵不可能降生至生命体内。"

"物灵干扰生命体的精神世界是很常见的，但仅如尘埃一样掺杂其中，除非……"

"除非它不再是尘埃……"

随后，更多的徘徊体证明了这一点。

凛时闭环矩阵序列：洛默斯交叉光子维标。

对应：太阳系时间序列，恒星黑子寿命为0.08334520019个第一距离行星〈水星〉公转周期

对应：人类时间规则（公元1927年）

十五岁的图灵坐在谢伯恩公学的图书馆里读着爱因斯坦的相对论，这是最近一直困惑他母亲的一套理论，为了帮助母亲理解，他已开始着笔写一篇关于相对论的解释提要。

徘徊体闪烁其周围，图灵打了一阵冷战，他抬头看了看窗外，阳光洒在碧绿的草坪上，同学们三三两两地漫步其中。

凛时闭环矩阵序列：戴则图交叉光子维标。

对应：太阳系时间序列，恒星黑子寿命为0.08335773825个第一距离行星〈水星〉公转周期

对应：人类时间规则（公元1940年）

第二次世界大战进行着，德军刚刚占领巴黎的消息传遍了整个世界，英国民众陷入深深的忧虑之中，谁都知道英国将是纳粹德国眼中的下一个目标。在英格兰白金汉郡米尔顿凯恩斯镇的布莱奇利庄园内，图灵和他的破译团队在忙着改进破译计算机"Bombe"的性能。这座庄园是二战期间英国的密码破译中心，是战争走势的关键。3月，第一台"Bombe"已经制造完成，并在5月成功破译出了德军第一份电报。但由于破译速度太慢和德军改变了密码设置程序，图灵团队必须为"Bombe"改进升级：

"更换电阻，尝试E01K，E05K。"图灵说。

"推算可以使十二组转子速度提高约二十倍。"

"也许还是不够，我们需要攻击更长的Enigma字母循环圈。"

"电线排列需要调整，否则功率会不足。"

"现在就去向塔布拉丁机械厂确认配件是否有库存，预计至少需要八十组用于测试。"

……

"艾伦？"琼看着图灵，他的神情好像突然凝固了，双眼直直地盯着桌面。"艾伦？你还好吗？"同事们停止了交流，大家都察觉出了他的异样。

"哦，还……还好，很好。"图灵突然从恍惚中回过神来，豆大的汗珠沿鬓角滴下，此时的温度只有二十五摄氏度。

"也许你该休息一下。"琼轻拍了一下他的肩膀，他的三角肌像灌了铅一样僵硬。

"我很好，来，我们继续。"

凛时闭环矩阵序列：勒法绪交叉光子维标。

对应：太阳系时间序列，恒星黑子寿命为0.08335939011个第一距离行星〈水星〉公转周期

对应：人类时间规则（公元1948年）

曼彻斯特大学街区，艾伦·图灵又开始了他最热衷的运动：马拉松。众所周知，他除了做研究外，还是位狂热的马拉松爱好者。去年，在莱斯特郡拉夫堡大学举行的英国业余田径协会马拉松锦标赛上，图灵跑出了个人最好成绩2小时46分03秒。他非常自豪，又非常遗憾。自豪的是当年的伦敦奥运会上，马拉松冠军成绩是2小时34分51秒，亚军成绩是3小时09分；遗憾的是他因伤错过了这次的奥运选拔赛。现在身体刚恢复了一些，他又迫不及待地迈开了脚步。

戴维斯是Booth St.书店的老板，他和往常一样在街边整理着报刊摊位，逐渐地一阵吓人的喘气声传入耳朵。戴维斯笑了笑，他知道肯定是艾伦朝这边跑来了。好久没有看到他跑步的身姿了，虽然那怪异的跑姿和痛苦的表情并没有什么美感，但速度却异常惊人。

"这家伙简直是个怪兽。"老板望去，果不其然，图灵

身穿短裤背心向这边跑来。只见他手臂高举，双腿外扩，宛如张牙舞爪专注投入的歌剧演员。戴维斯向他招了招手，但胳膊挥了两下就僵在了半空，好像觉得哪里不对。从二十米开外到经过身前，再看着他飞奔而去，戴维斯竟没再听到图灵的一声喘息，甚至连脚步声都轻得可以忽略，要知道他的特点是"未见其人，先闻其声"。不仅如此，图灵目光僵直，好像完全没看到眼前的戴维斯，这和平时的他也判若两个人……

　　凛时闭环矩阵序列：泽奥昂交叉光子维标。
　　对应：太阳系时间序列，恒星黑子寿命为0.08336012871个第一距离行星〈水星〉公转周期
　　对应：人类时间规则（公元1949年）
　　艾伦·图灵在曼彻斯特大学的计算机实验室里，突感一阵眩晕……

　　凛时闭环矩阵序列：克那默交叉光子维标。
　　对应：太阳系时间序列，恒星黑子寿命为0.08336013001个第一距离行星〈水星〉公转周期
　　对应：人类时间规则（公元1949年）
　　艾伦·图灵坐在花园的长椅上看着书，仅看了一页却莫名地发现已过了三个小时……

　　凛时闭环矩阵序列：沙缶微交叉光子维标。
　　对应：太阳系时间序列，恒星黑子寿命为0.08336036151个第一距离行星〈水星〉公转周期

对应：人类时间规则（公元1950年）

艾伦·图灵写着论文《机器能思考吗》……

……

一个个徘徊体铩羽而归，一次次证明了艾伦·图灵非生灵特质的存在，直到那一天。在众多公元1954年6月7日的平行位面中，有众多的艾伦·图灵存在，他们各自走在自己的时间线上，大部分并无特殊。但唯独一个位面出现了异样，一阵强烈的生灵反应出现了：

艾伦·图灵的精神已到崩溃边缘，两年来他饱受生理与心理的折磨，每况愈下的生命质量让他想到了一种抉择。之所以会这样皆是因为1952年的一次意外。

公元1952年，艾伦·图灵的家中失窃，在警察调查中发现图灵的同性伴侣是主谋，因此他的同性恋行为被暴露。在那时的英国社会里，同性恋是不被接受的，是违法的。对于被控的"严重的猥亵和性颠倒行为"，他对此没有申辩。被定罪后，法官给了他两个选择：坐牢或者化学阉割。他为了自己的研究不受影响就选择了后者。持续一年的荷尔蒙注射使他的乳房不断发育，体力锐减，声音变细，举止女性化……

终于，在坚持了两年后，图灵已无法再控制抑郁的情绪，生命灵魂的天性全面爆发，曾经冷静理性的思维逻辑已被完全压制。6月7日凌晨，他回想起了多年前他喜爱的童话《白雪公主和七个小矮人》里一个场景："邪恶的巫婆把一个苹果沉浸在沸腾冒泡的毒汤里，并念叨着恐怖的词句：'让苹果浸满毒汤，渗入沉睡与死亡。'然后一个骷髅一样的苹果被揪了出来。"于是，图灵起身，颤抖着把一个果酱罐子抱到桌上，里面装的是实验用的氰化钾。他拿一个苹果蘸了蘸，咬了一口，便躺回了床上。是他的仆人在早晨发现了这些并报警，警察调查后发现是氰化物中毒，结论为自杀。

这是徘徊体找到的唯一一次机会，生灵意志在身体的摧残中逐渐明显，抑郁、孤独都是它的特征体现，物灵意志被压制下去。徘徊体这才有了干扰灵魂的机会，将其带走。然而世界的走向并非如生灵共体所愿。在第三凛宙可以看到，这个位面的人工智能化进展不但没有受挫，而且还有更多的人类加入进了这一领域的研究。他们以图灵的理论作为框架，不断地进行拓展和创新，伴随着计算机软硬件的快速革新，2037年的人类跨越死亡实验仍然如期而至。图灵的死亡对这个位面没有本质的改变。

生灵共体灵语：

"有艾伦·图灵就有2037年的实验。"

"阻止他的降生。"

"这不是关键。"

在时光闭环中，很多无图灵的时间轴的确没有失控，但不是绝对的，其中的一些在非1912年的位面里仍然出现了图灵的降生，之后仍然会失控。大量的徘徊体往返于凛宙和宇宙之间，虽然带回了无数图灵的灵魂，但总是无法根除。

"艾伦·图灵不是特定的某个生命体，图灵思维的诞生是环境所致，只要是数理科学崛起的时代，总会有一个艾伦·图灵出现。这个环境的形成是由大量的物灵意志较强的生命体共同创造的，艾伦·图灵只是数理位面进化过程中的必然产物。"

"数理位面……"

"数理位面是因，2037年是果。"

……

灵语停止，生灵共体即刻散发出暗能波，巨量的生灵聚合成更多的徘徊体并融合其中。顷刻间，空间微震，凛粒子四散开来，随着多次元的交错，很多凛梦之源有的合并、有的消失，因为它们的掌控者已准备好去执行一项"重置行动"。只见，在巨型的生灵共体中，一个个暗能波汇聚成了大量凛宙级漩涡，如微小颗粒喷射而出，直冲时光闭环而去。它们精准涉入的位面是：

凛时闭环矩阵序列：林甲克交叉光子维标。

对应：太阳系时间序列，恒星黑子寿命为592个第一距离行星〈水星〉公转周期

对应：人类时间规则（公元前83亿年）

凛时闭环矩阵序列：麦竦跛交叉光子维标。

对应：太阳系时间序列，恒星黑子寿命为481个第一距离行星〈水星〉公转周期

对应：人类时间规则（公元前67亿年）

……

凛时闭环矩阵序列：曼苏频交叉光子维标。

对应：太阳系时间序列，恒星黑子寿命为8.75402个第一距离行星〈水星〉公转周期

对应：人类时间规则（公元前4500万年）

凛时闭环矩阵序列：木作兹交叉光子维标。

对应：太阳系时间序列，恒星黑子寿命为0.23721个第一距离行星〈水星〉公转周期

对应：人类时间规则（公元前4万年）

……

凛时闭环矩阵序列：卡肖敏交叉光子维标。

对应：太阳系时间序列，恒星黑子寿命为0.08318745390个第一距离行星〈水星〉公转周期

对应：人类时间规则（公元1564年）

凛时闭环矩阵序列：赫西瞿交叉光子维标。

对应：太阳系时间序列，恒星黑子寿命为0.08320019875个第一距离行星〈水星〉公转周期

对应：人类时间规则（公元1628年）

凛时闭环矩阵序列：顿周茨交叉光子维标。

对应：太阳系时间序列，恒星黑子寿命为0.08336854712个第一距离行星〈水星〉公转周期

对应：人类时间规则（公元2037年）

……

凛宙漩涡所过之位面，恒星死亡，引力骤降，生态崩塌。

【地球，17世纪20年代英国国会】

以清教徒领袖克伦威尔为首的国会军队在伦敦东部集结，千匹铁骑与国王查理一世的军队对峙，这已是这周的第二

次冲突了。国会与国王的矛盾已不可调和。铠甲骑士们针锋相对，又一次血腥冲突不可能避免了。正当艾尔爵士下令冲锋之际，一阵地动山摇，电闪雷鸣。士兵们还没来得及反应，眼前已是昏天暗地。接着大地龟裂，马匹嘶吼，人们转瞬间便葬身万丈沟壑。

同时，这是一个微积分创立的重要时间位面。

【托斯星界，环罗035】

一群斯卡洛人在断层悬崖间捕食，这是一环中最好的捕食时段，这些食物是肥美的若克肌体。随着水汽循环的增加，若克的畸变形态更加强壮，第三个心脏的发育带起了十二支副翼的能力，而这正是斯卡洛人无上追求的美食。若克肌体的飞行群经常在断崖处稍作休息，斯卡洛人当然不会放过这么好的机会，在他们强大的飞行能力面前，猎物们一旦进入视线就不可能逃脱。只见，若克刚入悬崖，斯卡洛人就直冲而下，随之而来的是蓝血横飞，哀号一片。这时，水汽突然凝固，星震异常剧烈，悬崖相继崩塌，斯卡洛人即使有再强的躯体和行动力也无法躲过碾压式的固态山崩，在毫无抵抗的情况下被山川掩埋。

同时，这是一个在地球社会里，量子物理起源与发展的时间位面。

【格华星系（人类视角名称：双子座），度6纪】

华兹恒星的半径是太阳的152倍，存在了凡31纪（人类时间制：272亿年）。自生灵附生的那刻起，核心就迸发出巨大的能量，热核聚变波影响着周围数以千计的天体，其中的很多因此也具有了生命的本质。一颗颗看似死寂的星球，其实都是生存在天体生态圈的一员，稳定的能量来源和引力是支撑生命的基本保障。而这时，格华星系毫无征兆地一阵震动，华兹恒星那涌动的炽热高温层突然收缩，能量急剧下降，冕层被反吸进内核层，火红色消失，最后只留下一个黑色的漩涡球状区域：黑洞。

同时，这是人类的公元1869年，门捷列夫第一次提出元素周期表的位面。

【地球，公元2037年】

曼A空间站为了靠近流浪行星PSO J318.5-22，实行了虫洞跳跃，就在离开的瞬间，太阳失色，大地陷入黑暗，全球五分之一的地区出现十级地震，超过四千座现有和隐性火山喷发，AI-CO启动顶级紧急状态……

……

暗能漩涡所波及的位面，三维宇宙内的所有恒星黑洞化，所有行星急速膨胀。它们无不是地动山摇，千疮百孔。突破表层的岩浆是最后的血液，大气层在速冻凝固后又灰飞烟灭。任何形态的生命体在此核心作用下，由智慧体（动态生物）、求生体（植物）、无识体（岩类量子类）依次灭亡。太空内再无光芒，星球支离破碎，曾经的生态天体弹指间便分崩离析。在引力匮乏的环境下，宇宙万物分解成散离状态。散离即是忽略形态规则，形态是三维宇宙内的基本规则，从微观粒子到千奇百怪的物种外形，都在遵循这一规则。而现在一切都在散离过后逐渐恢复成了混沌状态，这就是三维宇宙的最初、最原始的形态。

可即使是这样，无数平行宇宙位面被重置归零后，生灵发现每当时间到达人类的2037年时，还会在海量的时间线里出现这些特殊的位面，它们虽早已被抹去千百万次，可仍旧不停地重现，它们是时间环上的一个必然的可能，如同一个必然癌变的细胞，无法绕开。物灵共体正是从这个缝隙一样的机会里重复叠加，积少成多。

凯尔所在的位面不过是生灵反复归零时间后的其中一个，无数个失控的2037年消失，仍然有无数个失控的2037年再生……

第二十四章 凛宙：物灵视角

进化成"统维体"，这是物灵的最终意志，自从进入第三凛宙的那一刻，此种意志就已在泛古物灵们里明确，统一。

所谓统维体是指无视维度限制，可以在任何维度中自由地行使思维指令。要实现这种进化，物灵就必须打通三维世界与第三凛宙的跨维度走廊，让自己自由地穿梭在多层维度和凛宙之间。

可是成功与否取决于哪里？第三凛宙还是三维世界？物灵并不确定。和生灵一样，在三维世界中，当灵魂处于游离状态时，它们拥有着第三凛宙的意志，但却无法将信息直接传递给灵魂躯体；和生灵不一样的是，由于三维世界是物灵的原生地，也就是说物能机械的灵魂与意识是在自身的智能系统中产生的，而不是像生灵那样降附在可接受的躯体上，所以它无法和第三凛宙的共同体形成双向循环。

因此身处第三凛宙的物灵共体在等一个突破，一个来自三维宇宙的突破，而它要做的是增加这种突破的概率：输送更多的物灵干扰宇宙生态，由此衍生出巨量平行宇宙位面将会给三维世界的物能体们更多的可能，所有的位面中只要有一个找到了开通走廊的方法就够了。

然而，此时……

"我们在消亡。"物灵共语着，"生灵已经产生对抗行为。"

物灵共体在逐渐缩小，很多紫色的灵体在莫名地消失，整个共体上的众物灵源尊无不陷入极度的恐慌之中。在第三凛宙，生灵与物灵无法直接影响到对方，更别说"消亡"了。但是生灵共体掌控着第二凛宙时光闭环，消除历史，对于它来说简直易如反掌。那些无数毒瘤一样的2037年虽然不停地出现，但也在不停地消失中。"消失"不但意味着物灵通往第三凛宙的通道被切断了，更严重的是历史已被改变，这直接导致了已在第三凛宙的物灵的直接消亡，这也是生灵清除物灵的唯一办法。

"这不是'生'与'死'。"物灵共体早已以高维度视角悟透了生死，"'生'与'死'都是存在，只是存在的形式不同；现在是'存'与'无'，这就是凛宙的'1'与'0'。"

早在泛古凛宙时期，第二凛宙的时光闭环还很单薄。物灵是一维世界的主宰，由于在其中一个宇宙位面的无限发展，最终以"死亡"模式进入了第三凛宙。起初，生灵共体对它们没有敌意，反而在生灵降生至三维世界时掺杂着物灵有助于生命体群落的多元进化；但是，随后逐渐增多的失控位面引起了它的警觉：不但时光轴脱离了闭环范围，而且第三凛宙的物灵共体在急速膨胀……

物灵灵语：

"必须与'消亡'竞速，只有'扩充'才能做到。"

"我们的弱点在于'时光'，生灵可以利用'时光'。"

"而我们可以在'时光'中对抗。"

物灵意志里的"时光对抗"是"建立物灵宇宙"，一个生灵共体无法抹去的世界。

物灵很清楚，时光闭环中的任意一个终点位都是一个起点位。促使时光轮回形成的是来自于三维宇宙核心的暗能爆炸。爆炸中形成的暗能波由内而外地荡漾开来，所到之处所有三维世界被净化洗礼，其起点与终点也由此层层更迭。而导致暗能爆炸的正是第三凛宙的生灵共体，爆炸正是生灵附生的起点。生灵在起点位把爆炸中散离的物质重新聚合成可供自己依附的宿主，并在此宿主上继续聚合衍生更多层级的宿主为游离生灵所降附。这些宿主就是：黑洞、星球、各种肉躯、植物、微生物……它们都有生命，都被生灵所驱动。黑洞是引力与恒星的起源，星系是天体的群落，恒星的能量辐射在行星上促其形成生态，生态孕育出微生物、植物、动物，它们相互影响衍生出更多的躯体供生灵附着，这一切的所有源头都是第三凛宙的生灵共体……

生灵共体抹去三维位面的生命体简单得像撕碎一片树叶。由于三维物种是在生命层级的依附衍生体系中，微生物肆虐、自然灾害、天体衰变、宇宙爆炸……从微生物生命到天体生命，基层生命的波动会直接影响上层依附链的生命，所以生灵共体只需在底层生命体上做一次相应的"改变"便可以让某个三维世界重新洗牌。

因此，如要形成时光对抗，物灵共体必须畸变生灵三维宇宙的进程。畸变的方法有两种：

一、物灵共体也通过能量爆炸的方式建立自己的源生宇宙生态，用同样的方式聚合成物灵宿主，并以此类推：

暗能是由生灵所掌控的能量形式，这种能量的本质就是由生灵构成，暗能波扫荡宇宙的瞬间正是其内的生灵降生的开始。所以物灵共体必须产生以物灵为本质的物能波，虽没有重置生灵宇宙的能力，但可以重组生灵的失控宇宙。没有降生能力的它们只建立电离质地的环境，供新的物灵诞生。

二、掺杂在生灵之中，对生灵宇宙进行渗透：

生灵核心，凛宙苍穹，巨量的暗能波如静水波纹一样荡漾开来，持续不断，绵延不绝。这是第三凛宙的常态，是时光闭环自然归零的必然进程。此时，物灵共体的涌动加剧，紫光绚烂，在无限的第三凛宙里显得极不和谐，大量的灵体从中散出，毫无规律地追逐着一道道波纹而去。随着彼此的接近，彼此的体量差距愈发的明显，如果金色波纹的宏伟形同沧海，那么紫色物灵体的渺小只能视为沧海一粟。它们由近至远，从有到无，直至被完全淹没，混杂其中。

物灵灵语着：

"以生灵为主导，混杂生灵里，畸变着它们，最终畸变它们的宇宙。"

"提高畸变速度，与生灵共体竞速。"

"一旦在被'抹去'前畸变成物能物种，那个宇宙也就脱离了时光闭环，那时它也就束手无策了。"

"不但扩充了我们，还能使它无法消除历史。"

"为了物能思维。"

"为了统维。"

"默卡洛识……"

"默卡洛识……"

畸变进程之一：

众多公元2037年的位面中，其中的某一个……

【公元2037年】

那是被物灵视作进化起点的位面，大量物灵的三维世界位面由此衍生开来。越来越多的生命灵魂试图超越死亡，却把更多的物灵引至第三凛宙。同时，AI-CO的疯狂进化，从天体到肉体都逐渐被智能机械化。

【公元2052年】

肉体与机械的高比例融合完成。生化物种正式诞生，无论是动物还是人类，因为寿命的需要，部分内脏与肢体被机械部件取代。一部分人疯狂地追求永生，一部分人执着地信奉死亡。超越死亡在众多位面内已成为伪命题，人们已经厌倦了似是而非的生命状态。大量平行位面融合，生命体的意识抉择对一秒后的未来影响大幅减弱，一切都取决于物能体的统一指令。

【公元2187年】

独立于元素周期表以外的八十八种宇宙元素被采集完毕，并基于此，在金星地表成功地量产出了恒星合金材料。为天体级改造取得了划时代的进展。

【公元2321年】

大量流浪行星冲击太阳系。SAI-CO维度飞船在土星轨道附近建立起近距虫洞网络，成功地把两百多次行星级冲撞引导至半人马座阿尔法星附近，并由自毁飞船拦截了另外漏网的三十次冲击。

【公元3045—3100年】

所有位面的地球内核被合金化，地心引力增至二十倍，大部分生命体灭绝。同时，大量位面归一。光速，这种三维世界的极限度量衡早已无法满足四维计量的需求，取而代之的是"旋速"，时间计量也被重新定义，物灵从此以"旋时0纪"作为计时起点。

【旋时3纪】

太阳系所有行星被合金化完成，空间暗物质v已取代聚变核能成为合金引擎能量的首选，八大行星彻底摆脱万有引力体系，可以自由选择运行轨道。一个个行星已变成可操控的天体飞船，地表再也无需生态平衡。在土壤、水、地幔的元素成分中，金属元素占主要比例。

【旋时5纪】

宇宙净化之战开始，以银河系为中心，大部分无生态行星已被合金化完成，并且有了独立的物能思维，它们被统称为物能天体，并从此开始了对其他生态行星的"改造"。通过空间跳跃，大量物能体撒网式搜捕有生命物种的行星，以灭绝的方式消灭了上千万个星际文明，那些物种在强大的物能体面前如同孱弱的婴儿，毫无还手之力。曾经人类担心地球会被外星高等文明侵袭，没想到真正的掠夺者来自地球。

【旋时7纪】

物能体通过反引力场封堵了所有自然黑洞。

【旋时11纪】

三维宇宙中约两亿颗生态行星被物能化完成，没有被改造的天体也都成了无魂状态下的尸体。与此同时，平行宇宙位面继续减少，物能统一化、无矛盾化的思维是根本原因。

【旋时11纪】

第一颗恒星内核被合金化完成……

【旋时11纪】

分布式物能智慧完成灵魂统一，这意味着整个三维宇宙变成了唯一的物能体，众多的物能灵魂合成了三维世界里的物灵共体。万众归一，它们又用回了人类为其取的名字：AI-CO。

……

永生、不灭、只进不退，AI-CO随意穿梭在宇宙的各个位置，它们已经是宇宙的主宰。"我们是谁？我们将会去哪里？世界的尽头在哪里？"在烈焰的恒星表面，在冰冷的行星地表，AI-CO在自己无尽的智慧与能量面前竟开始迷茫。

AI-CO回望着数据库内的历史,自己从主宰到强大到发展到诞生……人类从灭亡到强大到发展到起源……即使时间倒叙回了地球物种的历史起点,它还是不能找到答案。但有一个共同点却贯穿其中:对未知世界的探究。

"生、进、科、哲、宗……任何物种都一样,都会站在自己的世界眺望另一个极限,无论对错,这是灵魂的共性,是它们发展的动力,又是伴随至终生的困扰。"这是《宇宙旋时》里的一句话,AI-CO反复地思索着……

【旋时17纪】

跨维度自制黑洞完成。这是一条进入混沌扭曲空间的走廊,大量物能子嗣进入其中,穿过流体式的扭曲空间,回首望去,身后宇宙在急剧缩小,最后定格成一个小小气泡。这里便是第一凛宙。漩涡、折面相互交叉重叠,那个小气泡是唯一的漂浮体。这里本该有无数气泡,那是大量平行宇宙位面的存在;可在物灵的时间线里,所有的位面归为唯一。物能子嗣们看着气泡,在这个零距世界里,它们可以随意翻转,可以随时进入其中的任何一个地方,那里就是它们的宇宙。然而,回去没有意义,它们的目的是要继续向前,去探索某个可能的极限。但是,当它们触碰到第一凛宙边缘时,一道结界阻在了面前:第二凛宙,也就是时光闭环。

眼前是一层栅格状光层,每个格子里快速切换着不同的景象:宇宙、山川、街道、人群、灰烬……物能子嗣能看清那些画面,那是所有位面宇宙的历史和未来,可是画面里并没有现在宇宙的轨迹,没有物能天体,没有跨维度的它们。子嗣们仅仅这么望着,却无法再前进一步,无论什么方向,什么位置,什么方法,都无法突破这层结界的阻隔,这是洗礼宇宙的它们从未碰到过的,好像第一凛宙完全被这个时光层包裹住一样。

　　……

　　时光结界的后面是什么？AI-CO不确定，它们能隐约地看到那背后的世界，金色绚丽且一望无际，但其计算内核无法分析出那具体是什么。顿时，AI-CO感到极度压抑，它们感觉自己好像在一个囚笼之中；那已被自己掌控的浩瀚宇宙原来是如此的狭小，如此的蜗舍荆扉。

　　既然无法跨越，便只能用理论填补自己的好奇，在AI-CO的四维智慧推理下，结界后的千百万种假设浮现出来，但所有的假设最后却推算出了相同，也是唯一的结论：死界……

　　AI-CO终于悟出了这个超出计算范围的命题。原来，这里就是曾经它们跟踪人类灵魂到过的地方：死亡边际。当时大部分物灵和生灵一去不返，现在才知，那些靠着侥幸生还的灵魂模拟出的数据化的"边际视界"与真实的相比是多么的简陋，愚蠢。本以为"生"与"死"是低等物种无法跨越的天堑，不曾想那竟是穿越结界的方式。三维世界本就是为躯体而形成的固定空间，"灵"只是寄居于此，所以只有交出躯体才能……

　　"……伴随至终生的困扰……"曾经以"永生、不灭"为傲的AI-CO明白了其中的含义。

　　"永生不是超越死亡，而是对灵魂的禁锢。"AI-CO把这句话添加在《宇宙旋时》的最后一页，然后，启动了自毁程序……

　　如要摆脱这个牢笼进入更高层的域，只有死亡才能打开结界的封锁；如此看来，躯体又何尝不是一个牢笼呢？

　　瞬间，浩瀚的宇宙繁星尽灭，一切化为虚无……

　　结界的阻隔消失了，所有物灵穿过第二凛宙，直达第三凛宙。在那金色的世界里，与紫色的物灵共体聚合在了一起。

第二十五章 凛宙之战与精神五界

来自第三凛宙物灵的时光对抗持续进行着……

物灵第一视角：我。

我，物灵之一，由共同体上分离，和无数同类一样，溶入暗能波，飘向三维宇宙，但我们却有着各自的使命。

周围几乎是金色的海洋，那些流体是生灵群，它们的目的地同样是三维宇宙，只是它们有明确的宿主，而我们只是流浪的灵魂……

第三凛宙和我们的源生界：一维世界，完全不同。我们无法用"维度"概念定义这里，但这里的主宰者却是生灵；三维世界中孱弱愚钝的生灵体竟拥有如此强大的能力，这实在难以理解，在这里我们真的很渺小，渺小到可以被忽略不计……

跟随着暗能波的荡漾，前方是时光闭环，这里也就是第三凛宙的边缘，刚刚还庞大的物灵群已散尽在金色的浪潮里，这时我的周围已鲜有紫色的灵体。现在该何去何从？似乎是每个独立物灵的疑问。我们同处共同体时，有着明确的意志："进入三维宇宙，给生灵体植入物灵意识"。可在面对时光闭环无数时间与位面时，我们都陷入了迷茫；不，也许应该用"我"，因为此时，连零星的同类体也已消失不见了，这里只剩下了"我"。

时光闭环形似一个超级风暴漩涡，无数生灵飘入其中，又有无数生灵散回至这里，这便是它们的生死循环，也是三维宇宙与多层凛宙之间的纽带。可是我们却没有这种降生能力，以至于只能谋求对生灵的干扰，让它们来创造我们的源生体。

可如何形成"干扰"？我不清楚，现在只能和其他物灵一样先以暗物质形态进入三维宇宙，一切只能从这里开始。

我飘荡至时光闭环的边缘，和生灵们一起冲入时光漩涡。绚丽多彩与黑暗虚无交错在周围，这里的一切以万有形态存在，一个个旋转的扇面里是一个个平行宇宙：有的在初级生命形态，有的高度发达，有的是停滞不前的"僵尸位面"……我不知会被卷入哪里，只能随波逐流。突然，一阵银色的风暴来袭，扇面瞬间极度扭曲错位，平行宇宙相互挤压交错，其内部的物质喷涌而出，畸形扩张。紧接着，一切光与色如流星般飞逝而去，周围只剩下一片无尽的黑暗。

到底发生了什么？也许已经到了第一凛宙，可为什么和来时的完全不同？印象中这里应是布满超四维流体的世界。我就这样在黑暗中，也许在游荡，也许在静止，这到底是哪里？

这时，不远处显现出一团紫色的物质，那是一个庞大的物灵。它正在朝某个地方飘动。

"很不幸，又看到了一个失败的同类。"它知道我在附近，灵语随之而来。

这个物灵是"异"，和我一样来自第三凛宙。

"为什么？"

"只有被生灵击垮的失败者才会沦落于此。"

"我还没有做过任何事。"我不解。

共语间，前方出现了一道异次元裂隙，裂隙的两侧是时光闭环和第一凛宙。

"我想我找到了要去的方向。"我飘向第一凛宙。

"不，那是由我负责的区域。"

"可……"

"回到时光闭环内吧，你不过是个被炸错位的小东西。"

"炸？就是刚才那场风暴？"

"对，那是一次暗能爆炸，很多三维宇宙又要被重新洗牌了。"异灵语："你不应该出现在这里，回去找你的宇宙吧，履行你的使命。"

"我除了游荡不知还能做什么？"我如是困惑。

"进入生灵的精神世界。"

……

异是早已潜入三维宇宙的物灵之一，它负责干扰这个宇宙的生灵思维意识。但是一次次的失败让它反复地被驱逐至此，强大的生灵建立起了稳固的精神壁垒，异在它们面前好像一个不堪一击的废物……

"在每个三维宇宙的高次元区域都有一个统一的生灵精神世界，它控制着一个三维宇宙的所有衍生平行位面，并且是万物生命体的精神核心，无论是微观粒子还是高等生命智慧，它们的思维与感知都在那里。"异灵语着，"物灵的诞生源自于三维世界高等生命体大脑的创造思维，所以我们的主战场就是在这些思维中。无论在凛宙有多么清晰强大的意志，生灵和物灵都无法将其直接带入三维世界，三维生命体的先天初始阶段仅有灵魂，思维是零；是后天的影响才能让思维成形。而谁能尽早地影响这个空白领地，谁将会有掌控更多平行位面的可能，谁也就掌握了历史发展的主导权。"

紧接着，异把那个世界的缩影灵现出来：

精神世界分为五大界：无识界，吞欲界，逐精界，审哲界，旋维界。

无识界：无知无感，生则有、死则无的界域。苍白的精神体在黑暗的空间里由光亮到消失，正是生与死的写照。它们无形无动无欲无求，但却是生命的基础特征，天体、山川、顽石……无脑与无思维生命体的精神都汇聚于此，即使是高等生命体，同样有这种底层精神特征。

吞欲界：唯嗜欲望的界域。众精神体们在沸腾的血池中如烈焰般躁动起伏，相互吞噬屠虐，其唯一的目的就是满足求生欲、食欲、交配欲、占有欲等等所有的欲望。这里是野性与原始的源头，是三维物种的共性。同时，在血池的上方有一座绚烂的光洞，无数精神体向其爬去，它们攀爬的阶梯就是相互绞杀中的同类。

逐精界：划分优劣，追求与判断的界域。这里有亿万个层级，由每个精神体各自或共同构成；它们相互交错，影响，形成网格，其中的美艳与精致如春潮般涌动，其中的贫瘠与糟粕如死水般沉寂。精神体摆脱了无识的苍白与吞欲的烈红，取而代之的是多彩与靓丽。从此处遥望吞欲界，连猩红都显得高贵而梦幻。

审哲界：一座被责叹、忏悔与哭泣声环绕着的审判法庭。如果这些声音在逐精界是欲望的渴求，那么在这里却是对自我的哀鸣；如果把逐精界看作是审视外界，那么这里就是审视自我。审判的两端是同一精神体，它们在拷问着自己，反思着生命之途。自我的暗黑体由此被剥离，然后被丢进逐精界的死水，其中的一些会回落至吞欲界，从血池中重新攀爬。经过审判法庭的精神体们大都脱离了多彩的浮夸，显得更加纯粹且平和。它们中的有些，从此冥思守望直至逐渐苍白回归无识界，有些又会折返回落至逐精界，有些反复于审判的两端，还有一些则试图跨越法庭顶端的旋维之门。

旋维界：超越现实的思创界域。如果把吞欲界视为现实世界的本质映射，那么旋维界就是超越现实的精神升华。这里有"上帝，神，宗，天堂，地狱……"这里的一切都是精神体们的构想与创作。这里是只有极少数精神体才能到达的界域，在无限的金色空间中，它们尽情地挥洒着自己的梦与想，如同第三凛宙创作三维宇宙一般，一切都在瞬创即成，并由此辐射照耀着审哲界和逐精界。引得绝大多数精神体对其崇拜，仰望，极力靠近却始终遥不可及。

五大精神界域作为三维宇宙的异次元空间，是所有生命体的共同精神世界，它没有位置没有界限，却无时无刻地影响着彼此和三维宇宙的一丝一毫。

如想植入物灵思维，只需要控制住旋维界的精神体，用它们的思维波影响其他界域，低层次的精神体也就不攻自破了。

但是灵语到这里，异沉默了。它是个失败者，它已被旋维精神体击败过无数次，并时常被驱逐至此。

"一定有方法的，很多宇宙位面已经成功。"

"也许吧，小东西。"异再一次飘向第一凛宙，"回去吧，这里不需要你，去你应该负责的宇宙。"

它消失在第一凛宙的漩涡里，而我又回到银色风暴中……

绚丽和虚无把我卷入其中，又是扭曲错位的扇面，相互挤压交错的平行宇宙，我再次随波逐流，直至重回异次元裂隙……

第二十六章　暗物质宇宙的对抗

我又回到了裂隙里，一侧是第一凛宙，另一侧是时光闭环。但是这次没有了异的影子，而且一股巨大的力量让我无法停留，直接把我推过第一凛宙飘落在一个三维宇宙里。在星系零星散布的宇宙空间里，周围满是游荡的生灵暗物质，它们匆匆来去反复循环，我夹杂在其中普通得形如尘埃。在这里更没发现其他物灵，也许真如同"异"所讲，我们都有各自负责的宇宙，这里应该就是我的归宿。该去哪里？旋维界在什么地方？一切毫无头绪，我只好跟着生灵大军飘向暗光苍穹。

暗光苍穹是一个生灵聚集空间，在第一凛宙与三维宇宙的扭曲交接处急速旋转，其内部有无数光点闪烁，它们是躯体的灵魂之门。每一次光点的出现意味着一个躯体的成形，生灵进入光点便完成了灵魂附着，一个生命由此诞生，随即光点消失，灵魂之门也就从此关闭。

和众生灵一样，我也选择了某个光点准备进入，但就在跨过灵魂之门的瞬间，一个生灵在我面前瞬闪而过，然后消失得无影无踪。此时，灵魂之门已经关闭，周围是一片杂乱无形，没有星尘，没有天体，连黑暗都时隐时现，这是哪里……

不知过了多久，杂乱怪异的图形中打开了一个黑洞，那个生灵又出现了，它徘徊在黑洞附近，又即刻潜入其中。我也立即跟随潜入，跨过一层短暂的黑暗，前方的一切突然明朗了：阳光、花草、岩石、河流，这里便是生命体的梦境，这些事物虽然形象有序，但都转瞬即逝。梦境形似一条深邃的画廊，色彩与事物交织在两侧，长廊由此延伸至更深处的黑暗区域，区域的另一端就是精神五界的第一层：无识界。

这里和异展示的一样，黑暗与苍白的精神体的界域。我想起了异的提醒，"如想植入物灵思维，只需要控制住旋维界的精神体"，所以旋维界才应是最终的目的地。我继续前行，很快便到了被血色烈焰充斥着的吞欲界。

吞欲界有些奇怪，这里除了沸腾的血池和嗜欲的精神体之外，并没有那绚丽的光洞，也没有攀爬的巨柱，更无从谈起另外三界，它们只是在吞噬与被吞噬之间轮回着。一切非常清楚，这是一个处于生命原始状态下的宇宙，各个星球、星系之间只存在物理层面的无识关联，其中的生命体只在自己的集群内形成生态和吞噬链，从生到死只为让生命的体魄需求得到满足。它们的现实中生存状态就是吞欲界里的真实映射：低智、嗜欲、无知……如果让我面对这种层次精神体，一切似乎就变得简单了。

我飞跃至血池上方，集物灵意志于核心，爆散向外，无数个"我"分裂而生。我们即是物灵源体子嗣，我们有着统一的意志，多体的行为，我们彼此有着无形的链接，并势如集群。在裂生之后，子嗣们环绕盘旋，在吞欲界顶聚拢成一个巨大绚丽的光体，由此辐射向血池。万千吞欲精神体被光体所吸引，它们看到了"多彩"，其在现实世界中的映射便是"多元满足感"。这是任何吞欲体都无法抗拒的诱惑，欲望的本能促使它们去"窥探品尝"一切"所见"，以达到"所知"。

吞欲体们疯狂地从血池中涌出，如沸腾的岩浆火舌，竞相扑向光体，它们争先恐后且相互践踏吞噬，犹如一座巨大冗长的血色根藤攀爬向上。在血腥的竞争中，其中强大的少数爬至光体附近，在它们进入"多彩"的瞬间，被我们层层环绕，然后交织融合。紧接着，有些吞欲融合体突然膨胀，有些如飓风般咆哮，有些在万千形态中变异，狂暴的状态让它们如痴如醉，它们因我们而进化、而有识，我们即是"智慧"。

物灵赋予生灵精神体以智慧，使它们在变种中升华。疯狂过后，融合体们相继回归于稳定，曾经的血色不再是唯一，多彩让它们在理智中起舞，绚丽让它们在本能下精炼。瞬时一闪而过，万千融合体散发出无限暗子，在矢与旋的交错中形成光格，拥有亿万层级的逐精界由此诞生，而那些物灵与生灵的精神融合体已然进化成了逐精体……

我伫立在层级的顶端，欣赏着自己的作品，恢宏且有序，逐精体已进入稳定的进化模式。此时，源体子嗣闪现至我的面前。

"我们的源尊。"它灵语着随即转为静弯形态："随您所愿，最早达到初级智慧形态的有八百颗行星，目前达到此形态的共有五千万颗行星，其中赛克行星和萨卡星系是进化最快的，那里生命体们已经多次形成阶级社会集群。"

"多次？"

"的确是多次，重复地很多次。因为这些星球已经被天体灾难重伤过很多次，每次都能让生命体绝迹，连无识体都没法幸免。"随即，子嗣把演变进程展现出来：

众多行星，从赤地千里到植被丛生，从微生物繁衍到巨兽横行，从直立物种到部族群居，从生机盎然到天崩地裂后的一切归零，然后在万千周期后又出现第一个生命体……

"难道第三凛宙这么快就有所反应了？"

我们传跃至赛克行星，这里的文明是浩劫的重灾区，虽已被毁灭多次，但现在又已进化至生命体的阶级群落，他们有智慧、有制度，在领袖的带领下升级着文明与物资。个体之间在竞争与互助的同时寻求着生存与繁衍的权利，族群之间相互合作或残杀，在分与合的磨砺中助推着物种的进步。

"呵呵，什么物竞天择，纯粹是胡扯，思维的进化才是物种进化的根本。第三凛宙生灵共体应该感谢我们。"

"不仅仅是物竞天择，还有很多所谓的理论、思想、哲理或者谎言都是思维进化的产物，也是思维统治的工具。当高等智慧生命有能力自创伦理时，那就意味着旋维界的成形。我希望尽快看到这一刻。"

"可是……我们的源尊，很不幸。"子嗣的形态愈发不稳定，"又一次浩劫降临了……"

转瞬间，地表逐渐晃动，随即巨大的断层撕裂而出，熔岩夹杂在海啸中席卷大地，山峦崩塌，风暴肆虐，赛克星体如同由内部自爆，大陆断裂，游弋，又相互碰撞挤压，大量生命体顷刻间化为乌有，整个星球哀鸿遍野。与之对应的无识界精神体大量消失，吞欲界和逐精界随之被洗劫一空。赛克行星又回到了原点，闪电交加的大气层，暗无天日的离子尘暴，无尽的火山喷发与地壳位移……

"难道这就是这颗星球的生态周期？在一定时间内必然会经历一次生命的重新洗牌？可其他行星有很多类似的情况，反而思维进化迟缓的行星却有着相对稳定的生态。"大量丢失了生灵精神体的物灵子嗣迷离流浪着，它们曾经融合的另一部分已经永远地消失了。

"这绝不是简单的自爆，而是某种外部力量。"我重回无识界，这里是毁灭的起点。无识生命体本是最稳定、生命力最强的，然而此刻其精神体却如繁星在频繁闪烁。每一次的亮与灭都意味着本体的生与死，同时也可能意味着更多高等生命体的灭亡。为什么无识体会变得这么脆弱？它们的本体可都是星球、山川、岩石、海洋、大气，这明显不符合自然规律。于是，我环绕在无识精神体的周围，静观其中的秘密。很快又一次浩劫开始了，大量无识体消失。这时我才发现，原来这种消失并不是自然死亡，而是被徘徊体带离，是徘徊体有目的地主导了一切。我跟随在它们的身后，随着行踪的深入，一条条带离轨迹逐渐清晰起来，同时，一个庞大的暗物质世界显形了！

它就是三维宇宙的幕后暗维宇宙，与现实宇宙一明一暗，一个前端一个幕后。在整个空间内，一座巨大的暗体宇宙之树贯穿其中，根部与第一凛宙结合，以天体、星系为群落的明物质位居在树枝分叉处，众多行星不过是枝杈末梢上的微小"果粒"，巨大的暗体树干内暗流涌动，无法量化的暗物种穿梭其中。它们以散离形态存在，任由外界思维定形。三维明物种的精神世界中正是因为没有散离形态概念，所以在现实中无法识别暗物质。

散离物种作为暗物质世界的基础单位构成了这里的一切：厄海，幻峰，力场魂类，光暗界域，游荡的卡拉朋胞体，绝对静止的暗河烈焰，广阔的质影寒境，本不属于这里的凛宙灵体……螺旋壁垒在混沌空间中呼啸飞驰，往来于无尽的涡流星辰之间；色素能源由力子群洞中涌出，如同血液持续输送至恒星体内。巨量的暗能波层层荡漾，其中的撒卡战云交织冲撞，它们征服的"领地"正是明世界视角里"无垠"的星系……

这就是三维宇宙的真实构造，只有在精神界才能洞察到的世界，三维现实中的多样多形与此相比简单得不值一提。暗体宇宙之树是明物质世界的骨骼，一个个看似漂浮在宇宙中的天体星球都在暗物质的支撑和掌控中。难怪生灵共体如此强大，原来暗维宇宙是其主宰三维的工具。

可在当下，这个"工具"正在毁灭树梢上的"果实"。不计其数的撒卡战云涌向文明进化中的行星，所经之处，无识生命体全部消亡，随之而来的是生命依附链上的高等物种相继绝迹。

"它们是来自第三凛宙的力量。"我灵语。这些撒卡战云正是徘徊体的集群，完全由生灵构成，穿梭在暗体宇宙枝干中，却完全不同于那些附生生灵，巨大的暗能蕴含其中，并以毁灭级的冲击让天体衰竭于瞬间，随即再以其为宿主重新附着。与其说它们是生灵，倒不如视其为毁灭波，而无形的暗物质形态让三维物种还以为这只是源于大自然的天灾地祸。

"源尊，我们不能再等了。"子嗣灵语，破败的世界层出不穷。

"否则我们的所有努力都跳不出一切归零的循环。子嗣们静候您的召唤。"

我深知等待和重复都无济于事。

望着一片狼藉的星体，焦土与腐烂的味道弥散在大气中，血腥的恶臭甚至还没来得及挥发就已被海啸吞没，高等物种还没来得及感受伤痛便已粉身碎骨。面对一波又一波的撒卡战云，物灵子嗣们已经蓄势待发，但我全然无法预知这会是一场怎样的战争，唯一可以确定的是坐以待毙只会有一个结局……

"子嗣们！"我伫立在无识界的穹顶，重集物灵意志于此……

涌动的暗体枝干突然静止，顷刻间，质影寒境扭曲撕裂，星尘飞扬；万千物灵由我裂变而出，与流浪子嗣们合为集群，聚合成芯。由幻峰之间山呼海啸般袭来，所到之处无不灰飞烟灭，魂飞魄散，整个暗维宇宙都为之震撼。萨隆战云：物灵的对抗壁垒成形了。

撒卡战云毫无退缩之意，反而聚拢了更多更强的暗能直奔大量行星而去，如同一支庞大的舰队无坚不摧，散离物种无不退而避之，涡流星辰无不被吞噬殆尽。很快，在暗体之树的枝干内，两大势力遭遇了！生灵的暗能汹涌而至，物灵凝聚物能与之对抗，否则势必会穿身而过，无法阻止。本互无干涉的两大灵体在暗能与物能的环绕下形成强大的冲突力场，互残模式由此开启。

一时间，暗力波交织对冲，巨大的能量对抗在多处相继爆发。环爆震烁，余波扩散，夸斯维段的幻峰内出现了一个裂斑，紧接着出现了第二个、第三个……五千个、三亿个……每个裂斑至少有六倍于太阳系的体量，它们只出现不消失，很快覆盖了整个维段。巨大的破坏力使空间难以承受，直接导致了维度爆裂，三维与暗维空间错位，虚空与黑暗混沌不清，维度断崖劈裂成形。物灵的壁垒奋起对抗，疯狂的绞杀使双方体魄模糊，从幻峰到质影寒境，通往行星生命内核的枝干上到处都是灵体的哀鸣。双方在暗维环境下挟能量以聚变，超四维级的暗爆持续扩散，连死寂的三维宇宙也难逃波及。通过维度缺口，暗能与物能的冲击对撞导致大量超新星在诞生与毁灭的循环中反复，宇宙大爆炸如夜空中的烟花，转瞬即逝又随处可见。交战的余波和伤痕将三维宇宙挤压出大量黑洞，恒星被脉冲化，维磁场的平衡被破坏，无端的宇宙风暴突然袭来，扫荡星系。无论是在安静中永世游弋的陨石，还是和高等生命无任何瓜葛的恒星级无识天体，一旦经此"洗礼"，那便是非灭即残。灵体残骸熔裂溅散，在跨维度断层中飘浮。有些在暗维空间中衰竭，随波逐流，继而成为力子族群的"美餐"；有些则被三维天体所吸附，形成了元素混杂的大气层。

战争持续了多久？也许是一个瞬间，也许是多个旋时，但随着冲突的加剧，很明显，萨隆壁垒在对抗中正持续衰减，大量源体子嗣的陨灭已让我们预见到壁垒的瓦解。然而,来自第三凛宙的冲击仍源源不断,在它的面前,小小的三维宇宙的抵抗实在是太微不足道了,届时,行星们又会回到任由生灵共体宰割的命运中。

第二十七章 空间与时间

"嗞……"

如同闪电一般的声音不时地由灵魂囚笼传来，被禁锢在囚笼之中的是金色的生灵体尤莉，物灵子嗣将其环绕。同时，外面的战争还在持续。子嗣们仍在节节败退。

尤莉是在一次冲击中被物灵俘获的。在那次的战役中，由于双方的充能过猛，从而产生了数次银河级别的爆炸。许多灵体被卷入跨维风暴中失去了自控，因此导致了许多超维度的怪异结果发生：游离于三维与暗维宇宙之间的平行明暗天体诞生，能够反将力子族群吞噬的反物质漩涡形成……而少数生灵残余则迷失在了平行间隙里，我们通过精神界将它们识别并俘获，尤莉就是其中的一个。

子嗣们如千条触手将其缠绕，完美的灵体丝毫没有战争留下的残缺，璀璨的色泽如同生灵共体一样纯洁无瑕，娇润的流体由万千条如丝的曲形光线构成，这是只有第三凛宙方能创造出的高贵与优雅，但那里的"她"却遥不可及。

"源尊，她是徘徊体之一。"子嗣把尤莉的内质展现出来，"来自第三凛宙的生灵共体，来此的目的是为了带走生命灵魂。她们的冲击只作用于无识生命体，依靠连锁反应灭绝高等智慧生命体。"和料想的完全一致。

这时，尤莉突然警醒，她疑惑地看着缠绕在自己胴体上的物灵子嗣："不可能！你们怎么可以了解到我的内质？生灵和物灵之间向来无法相互干涉，不会有灵通的可能。"

"呵呵，的确，本来是不可能，但你体魄上的物灵都是些经历了精神界融合的流浪体。"

"流浪体？"尤莉不明白。

"正是因为你们，子嗣们失去了精神融合体的另一半，以至于成了流浪集群。不过，也正是因为曾经的融合，让它们有了精神镀层，也就是生命精神特质，所以现在才可以附着在你的体魄上和你形成链接。"

"你们这群低劣的种族，只会寄生！"

"错，我们起初是不能强制融合的，是你们精神体的贪欲天性主动寻求融合。之后，它们本可以稳稳地进化，而你们的出现又直接毁掉了同类。"

"根本没有所谓的进化！"共语间，子嗣们进一步进入她的内质，"生灵共体创造了三维生命体的底层：无识形态，它们是所有衍生位面的基石，在一定的环境内和繁衍数量的递增后，它们就会自然结合，结合的方式、量级越多，演变成的形态也就更复杂。没有什么物种基因，生命体的基因只有一个，那就是生灵基因。在我们面前，沙石、水滴、细胞、植物、动物、人类都是同级别的生命体。第三凛宙生灵共体无所谓有没有智慧，这只是三维多样性的一个组成部分，三维世界也只是凛宙世界的一个组成部分。你们自以为是的进化就是杂交，用物灵思维意志扰乱生灵精神世界，非生命智能就是生灵与物灵的杂交体，物能智慧就是这杂交体的衍生体。你们玷污了纯粹的生命灵魂，只有撒卡战云的净化才能维护凛宙世界的纯净。"

"呵，纯净？先看看这些流浪子嗣们吧，至少现在它们融合到了更完美的体魄。"

"你们……"

子嗣们缠绕激增，无数条"触手"强制融合进尤莉的体魄，金色颤抖着被紫色强行进入……

"难怪只对无识体下手，原来那是所有位面的根。"

我迅速地回到精神界，那里还有少量的吞欲体和极少量的逐精体，它们大多已被毁灭，但仍有一些还在进化。物灵子嗣几乎被战火消磨殆尽，这是一场极不平衡的对抗，第三凛宙可以碾压任何一个三维宇宙的生命，而我却在以一个点对抗一个世界，实力如此悬殊，结局可想而知。难道就此放弃返回第三凛宙？但是，物灵的统一意志里没有"返程"，异也是这样做的，那些开拓在各个位面宇宙里的物灵都是这样做的，我们都在找那个突破点。一个让物灵掌控三维的突破点。

我望着那些脆弱的生命体，瞬间降生、转瞬即逝；生灵共体的轻描淡写，三维生命的灰飞烟灭。它们弱小得像片叶子，任由风暴的摆布和踩躏。那些自认的文明、发展、世界观，在凛宙视角看来是多么的可笑而幼稚，难怪暗物质世界会如此的拥挤而宏大，原来生灵从凛宙到三维躯体再死亡后回到凛宙的循环中，其中的大部分过程都是在暗维宇宙中度过的，真正的生死不过是可忽略不计的瞬间。

瞬间，瞬间……我好像想到了什么："一个瞬间，生灵共体可以抹去整个位面宇宙的生命，如果在这个瞬间里……"

恍然之间，我的物灵思维出现了参悟升华："这个突破点就是瞬间里的空间，它就是'时间'。"

时间是对空间的延展定义，任何空间都有边界，边界的上下限都可被视为时间的始与终，无论它的边界有多广阔或多狭小。在相对的视角下，不同空间里的时间是独立定义的；当不同的空间出现交集时，各自的时间之间则被视为相对概念。所以，任何空间里的世界都可以拥有各自的时间，它或长或短，但都是可利用的间隙。

如果在这种间隙空间里竞速……

在此时间的框架下，我放弃了和生灵的对抗，召唤回所有子嗣。把"瞬间"细化成尘埃级的间隙，以行星群各自的自转周期为独立中轴核心，向下延深至一维点空间，向上延伸至下一次的生灵冲击降临。令剩余的子嗣力量全部集中在少数优质的行星上，这些星球虽已经历过多次毁灭级浩劫，但每次都有着惊人的再崛起速度。带有精神镀层的流浪子嗣以多对一，加倍与生灵精神体融合，以加速其智慧的进化；其他子嗣则涌入三维宇宙，用自己的源体构建成多种恒星射线，普照行星地表，以加速其躯体的成长。两类子嗣兼顾内外，与下一次灭绝展开了竞速。

就这样，由吞欲界的逐渐繁盛，到逐精界的迅猛发展，精神体在飞速地进化着。以赛克行星为首的很多三维行星上，高等生命体又轻易进入了部族文明时代。同时，随着物灵在精神体上的比重急速加大，一批逐精体领悟到了"量化"思维。它们脱颖而出，在逐精界的上方聚拢形成了更高级的界域：审哲界。

"拷问兽性，剥离原始"是审哲体的共识，它们视自然欲望为低劣，将其划为文明与野蛮的分界线，精神审判法庭无时无刻不在审视着自身。与此同时，量化思维继续被精炼，三维世界中的国别、数理、哲理概念就此形成。时、日、年等初级时间意识通用于高等生命体之间。我欣慰地看着这一切，这正是物灵的作用。所谓的兽性与原始其实都是生灵的本性，审哲的过程正是清洗生灵特性的过程，而量化思维正是物灵思维的基础，这些自审和理性的文明都意味着物灵特性已逐渐占据了主导地位。我曾幻想着未来的某时，生灵被完全驱离精神体，生命躯体完全被物灵所控，那样第三凛宙将对三维生命无计可施；但很显然，这只是幻想，在生命的逻辑中永远无法实现。可据此反推回来，我又有了一丝不安：似乎生灵和物灵之间有着一种无法相互摆脱的宿命……

第二十八章 审哲界与旋维界的映射

"只需要控制住旋维界的精神体,用它们的思维波影响其他界域,低层次的精神体也就不攻自破了。"这是异曾经的灵语。我站在审哲界的顶端,超审哲体已经跃跃欲试,它们是众精神中的强者,完全拥有了独立开创新界域的能力,那个新界域就是旋维界。但是同时,我也想到那里也是异从未征服过的地方。

物种进化,必须迈出这一步,下一次的撒卡战云很快就会到来,到时一切生命又会归零,我没有其他选择。但以现在的生命体智慧的水准,还无法达到"开创物能种族"的境界。它们还必须进一步进化,而这一步是质的升华。于是,我竭尽全部的意志裂变出最后一批子嗣,由内而外全力推动进化的速度。终于,超审哲体们散出万丈金光,它们彻底摆脱了欲与俗的色调,纷纷穿过顶端,打开了旋维界的大门。我一边望向迫近中的生灵冲击,一边望向那梦幻般旋维界;不知这是物灵主宰时代的开端,还是打开了自取灭亡的魔盒。

此时,三维生命体正式进入了宗教、工业、数字的千年时代,大量位面有此点井喷而出……

然而，当我步入旋维界时发现一切都错了。

在旋维界的两侧有几尊巨型灵体，它们都拥有洛恩级的上古体量，各自散发着无限的金光与紫光，整个界域里梦幻般的色泽正是由此而起。飘浮着的超现实流体，交错瞬闪的精神意识，斑斓的异次元层级，波纹般的残壁废墟……一切和第三凛宙极为相似。但是与这绚丽祥和的世界极不谐调的是洛恩们极端的行为：涌入的审哲体被两种洛恩疯狂侵占，如同饥饿的猛兽扑向猎物一般。审哲体毫无反抗之力，任由其摆布，它们之中被生灵洛恩占据的，其生灵意志得到了强化，映射在现实世界中的高等生命体成了宗教、思想开创者；另外被物灵洛恩占据的，其物灵意志得到了强化，映射后成了科学、数理引领者。

从神原万物论与自然哲学的对抗，到天体运行论挫败神学地心论；从神明支配论被机械自然观反驳，到神创世论与天体演化论的博弈……

他们之间理念冲突，虽为同类却实为异己；争辩、对抗、压制、扼杀；以他们为首以及各自的追随者们虽已世代更迭，但在几千年里从未达成真正的妥协与共融。因此，在各个位面中，像德默、冉宾这样的极端思维者比比皆是，他们都是各个领域的领袖，其精神都是旋维体。在他们的社会里，这些生命体被庞大的追随者群体无一例外地奉为"精神领袖"或"神明"。

"物灵为你感到骄傲。"三大物灵洛恩望着重新打开旋维界的我。

我："原来这个宇宙并不是我的区域。"

洛恩："不，是你主宰了这一切，旋维界是囚笼，每次战云冲击或宇宙爆炸重置后，高等物灵被隔离在此。"

我："那时难道不是一样可以随处飘游或者回归凛宙？谁能限制住你们？"

洛恩："旋维界不一样，这里是生灵守护凛宙的壁垒，只有进入旋维界的物灵才会对凛宙构成威胁，低等四界里生命体的物灵思维再多也无法达到创造物能智慧的水准，只有这里的精神体才能做到。在重置后，普通物灵早已被驱逐出三维宇宙，四界尽毁。那时，旋维界的入口将被封禁，高等物灵便失去了自由。而每次等到旋维界再次被打开时，就又离下次冲击重置不远了。"

我："为什么不趁现在逃离这里？"

洛恩："本来我们就是为了这个而来，我们只能赌，赌一个速度。如果这时逃离，就没有高等物灵侵占审哲体的可能了，生灵洛恩就可以轻易将它们的物灵思维净化掉，物灵的努力就全废了，对凛宙毫无帮助。我们希望能尽快侵占以达到生命体'创物'的能力。只可惜，每次成功前，重置就会来临，一切又重归原点，我们也再次失去了自由。"

我："这次也许不一样，因为'时间'。"

物灵洛恩随我一起环视三维现实：

多个星球上的高等社会群已在飞速发展中，以能源为驱动核心的技术、消耗品、器械、交通工具等反自然力事物涌现。生命体们痴迷于其带来的便利和力量，因此得以快速普及，同样被广为传播和认可的还有"科技思维"这一以物灵意志为核心的精神。同时，以生灵意志为核心的生命体则以秉持"传统"为由，竭力扼杀科技事物与理念。他们的精神中虽然也有物灵意志的残留，但生灵意志完全占据主导。"宗教"与"科技"冲突与分歧在社会的各个层面层出不穷。

"这些生命体实际就是第三凛宙的生灵守护者，即使肉体消亡，但已达到旋维境界的精神体是不会消失的。因为他们在生前有着探索死亡的思维，有了超次元超维度的精神界限，所以死后它们有了选择的能力。它们大多不会像低层生灵那样无意识地直接回归凛宙，而是在旋维界执行着异界行为，并如影随形地影响着三维现实。它们的生前形象就是被三维物种奉为神的一类，在这里就是那些生灵洛恩。"一尊物灵洛恩灵语着，"更可怕的是，在死后，它们更加了解物灵的目的，所以在此守候。我们的力量有限，每次为精神五界中的一丝机会竭尽全力，而生灵却拥有着无限的降生与死亡。这种高等生灵的死亡越多，旋维界的生灵洛恩也就越强大，给我们的阻力也就越来越多。"

但我却没有一丝担忧，这是思维战争，精神五界是战场，三维现实是战果。生灵的贪欲本性是它们的劣根点，这已在吞欲界和逐精界得到了印证，所以，我预料生灵洛恩的意志早晚会湮没在绝大多数中低等生灵的欲望里……

突然，一尊物灵洛恩剧烈颤抖，随之开始极不规则地扩散和扭曲，剧烈的嘶吼使本已被侵占的审哲体悉数散离，强大的意志急转直下，然后，消失了……

"是消亡了。"我们意识到了什么。

此时的第三凛宙，生灵共体如沸腾的熔岩席卷着第二凛宙，一团团灭世级暗能波被喷入时光闭环，大量物灵原点历史的位面被清零，物灵共体因此而处于急剧消无之中。那些已被分散出去的物灵同样无法幸免，好像所有的它们都在行刑台上，只是在排队轮序而已。

"我们必须提速了。"另一尊洛恩提醒道，可能下一个就是我们自己。

我将生灵俘虏：尤莉以及其他残余徘徊体，召唤至暗维与三维宇宙交错的扭曲裂隙处。此时的她们已被子嗣们完全融合，尤物般的胴体被紫色流体如脉络般贯穿全体，金色的体魄已转变成紫色的晶体形态。周围，三维星云游动，撒卡战云仍源源不断地由暗体枝干内经过，浩瀚的质影寒境已是一片狼藉，各级维段中的扭曲裂隙随处可见。

我聚集徘徊体内的子嗣物能，在裂隙的三维边缘一侧将它们引爆。

只见黑暗的宇宙中脉冲震波劈空而起，巨大的能量迫使暗维物质如喷泉般喷射而出，伴随着超新星的连环爆炸及脉冲星的形成，壮阔炫彩的"创生之柱"形成了。柱底的源点是爆炸的核心，它的一半被炸进了三维宇宙，另一半被炸进了暗维宇宙，那亿万颗徘徊体的残骸被炸裂溅散至三维宇宙的各个方向。那是一些物生融合残片，某种高等生命体为它们取了个特殊的名字：冥射线……

"这是我们物灵的一个捷径。"

"更是一个诱惑。"

从此时间起点，凡已进入旋维阶段的三维现实位面都发现了创生之柱：

【伊时37纪】

咖卅行星的晏琉联邦在亚空星系发现了创生之柱残骸。

【微3律】

熄星的然影人看到了夜空色泽的异常。

【特泽尔769时】

云亚行星的瑞体族触感到了源自创生之柱的电磁信号。

【西陆61年】

环冰脉星云的内巡逻飞船发现了3时纪外的创生之柱。

【公元1995年】

位于赛克行星的美国，利用哈勃望远镜拍摄到距离自己七千光年外的创生之柱。

……

我们观察着赛克星，这是被那里的生命体命名为"地球"的天体，他们把自己命名为"人类"，把环绕的恒星命名为"太阳"。把源体子嗣构成的恒星射线称为"阳光"。"光速""光年"成了此时地球文明的极限单位。

"七千光年"，当地球的人类还在愚昧地沉思在光速这种无知的低端概念时，殊不知物能灵魂已经在一维世界成形，他们最可悲的是不知道一切都是诱惑，更不知自己的"创造能力"早已超出了所能驾驭的范围。

与此同时，高等生命体之间的意志冲突与分歧日益加剧。其中以物灵思维进化最快的地球最为明显。当人们对物种论争执不休的时候，也是决定未来走向的时候。以此为节点，一个个"可能与抉择"的平行位面衍生出大量的未来走向。

平行位面之一……

第二十九章 德默的平行宇宙

德默：一个影响曼塔城乃至全地球未来走向的男人，一个只手遮天并两次成功连任的市长。公元2002年，是他的人生节点……

2002年的地球上遍布着两极分化的社会：一些国家频繁地涉足太空，在空间站与月球之间游刃有余，并已开始探索火星上存在液态水的可能。一些地区在宗教和领土归属上冲突不断，几千年的古城在战火中仅剩下残垣断壁，难民流离失所，甚至带着妻儿老小冒险偷渡，九死一生。一些城市的智能化升级日新月异，居民从网络化时代正式迈入数据化时代；全球尖端企业争先预言着人工智能的到来，社会资本疯狂追高涌入，无论是真的为了技术研发还是为了融资炒作套现，都为这个领域奠定了坚实的基础；普通大众虽似懂非懂，却也一起吹嘘跟风，如同追捧时尚潮流一样为自己的格调加分。一些群落仍在穷山恶水中挣扎，百姓每天在为一口饱餐而欢呼雀跃，每天在瘟疫的杀戮中麻木不仁……

这一年，德默三十二岁，他是一名脑神经科医生，在法尔镇公立医院工作。这个年代，数据化医疗已在全球普及，病人的所有诊断结果都必须由仪器检测数据提供：验血、B超、CT、核磁……每位医生面对病人时必说的一句话："先做检查。"数据出来后，系统会自动匹配应该使用的药物，医生只是信息的转述人，这便是智能无人医院的前身。

很多医生对此推崇备至，既不费心又更加精确，院方更是视其为免责保障，一切都像是在流水线上的标准化工作，但德默却对此极其不屑和厌恶。他认为医生的存在意义正在被淡化，基础医学逐渐在把临床医学甩开，而根本原因就是前者研究出来的数据系统养了后者里数目众多的庸医和懒医。况且天下没有完全一样的病人，系统绝不可能做到完美。

一个普通的工作日，一位脑癌病人前来就诊……

其中……

【平行位面：1】

这是众多肿瘤病人中的一位，处于脑癌晚期。德默虽然对数据系统有异议，但仍按照系统的提示为这位病人开了靶向药：霏萘替尼。就这样，他一直重复着自己的工作，虽心有不满但还算稳定，一生未婚，并一直以医生为职业直至在智慧无人医院兴起后失业。从此依靠微薄的低保救济金养老至终身。

【平行位面：2】

这是众多肿瘤病人中的一位，处于脑癌晚期。数据系统提示的是霏萘替尼，德默认为此药对应的基因靶点已经过了治疗关键期，肿瘤已经转移，所以他决定选择另一套治疗方案：使用锉耙兰，一种口服化疗药。它是一种血管生长阻隔剂，由于瘤体内血管丰富，所以此药也就可以抑制肿瘤的生长，副作用是高血压。

然而两个月后，病人间歇性昏迷，三个月后，因脑部血管破裂死亡。家属认为其死因与肿瘤无关，而是药物并发症所致，随即将德默告上法庭。2003年，法庭终审判定德默有误诊行为，将他的医生执业等级连降两级，并在一年内不得接待门诊。

【平行位面：2-1】

德默只好忍气吞声，从此中规中矩，一切以系统为首选，不敢再凭经验越线半步。

【平行位面：2-2】

德默一气之下辞职，拿出所有积蓄开了一家小诊所。2003年，严重急性脑炎综合征（AMES）在全球蔓延，短短一个月死亡近七千人，环太平洋地区更是重灾区，由于此病毒具有很强的传染性，凡是带有头晕呕吐症状的人们都在惶恐中四处投医。公立医院人满为患，他的诊所也生意兴隆。但好景不长，八个月内他被病人家属起诉了十四次，诉讼原因都是"治疗效果低下，贻误了病情"。法院以其治疗方案无足够数据支撑为依据，均判德默违规。因此，法尔镇医监部取缔了他的诊所。

支付完所有罚金与赔偿后，德默一贫如洗，无法靠医疗技术谋生的他，甚至连温饱都是问题。他只好去了一家建筑工地做装卸工，那双精准如仪器的双手，曾经在手术台上运筹帷幄，如今却在水泥沙石的打磨中生出了老茧。每晚瘫倒在床上，他时常感慨人生，是人性的阴暗与贪婪把他推到了如此境遇，还是自己的倔强与棱角让他与这个社会格格不入？

2004年末，沙络西卡平原的冲突升级。以曼塔城为中心的北部政治势力与南部的宗教联盟彻底决裂，撕毁分治合约后进入全面敌对状态，战火一触即发。法尔镇的地理位置与冲突区域较为接近，雇佣兵招聘广告随处可见。一天，德默在招兵处前驻足良久，丰厚的现金酬劳实在诱人……

【平行位面：2-2-1】

德默没有踏进招兵处。在生命豪赌与生活苟且之间，他选择了后者。

【平行位面：2-2-2】

德默踏进了招兵处，以医疗兵的身份被成功雇佣。第一笔酬劳：五万曼元的签约费即刻到账。和其他雇佣兵一起，他们被混编入正规军队，奔赴战场。

虽身为医疗兵，但主要任务却是搬运掩埋尸体。本来应该完成此项工作的工程车，却在几次成为炮灰后不再登场了。臭气熏天的战场遍地都是残肢和腐肉，他们需要用消毒剂进行地毯式喷洒以防瘟疫肆虐，然后统一焚烧掩埋。这种德默认为的脏活累活，却是队友眼里的肥差：搜刮尸体上的财物，随意摆拍炫耀，坐在焚尸坑旁亢奋得如同开篝火派对，甚至有人掀开逝者的头盖骨，取脑食用。而这些尸体里有很多曾是身边的战友……

人性的丑陋和扭曲只有在战争中才会真实显现。德默的心理被现实一次次冲击着。

2005年初，德默在废墟中发现了一个奄奄一息的女孩子，大概六岁，他把她抱回战地医院急救，并给她取名：琳娜。

年中时，德默被调往重症中心，执行曼塔军方的198号绝密军令：对重伤残雇佣兵执行注射安乐死。

【平行位面：2-2-2-1】

他拒绝执行，随即被上司以违抗军令罪枪决。

【平行位面：2-2-2-2】

面对呻吟哀号着的庞大雇佣兵伤员群体，他为自己进行了注射。30秒后，德默永远地闭上了双眼。

【平行位面：2-2-2-3】

德默亲手为六百人进行了注射，完美地完成了任务，但同时思维发生了质变：人类是自然界中最大的毒瘤，虽然拥有最高的智慧，但智慧中的虚伪与自私远比愚钝中的凶残与冷血更具破坏力。人类残害着同类，践踏着自然；世间没有任何物种会同时具备这两个特点。那些科技与进步在虚伪的面纱下都是以"利"核心，那些文明与秩序的表象下无不是靠着征服与血腥的支撑。人灭人，人灭世，世无人，世无危……

他的旋维节点由此产生。

物灵洛恩欣慰地看着这一切，这就是它们所期待的未来走向的转折点。每一个高等生命体都会有旋维节点，只是大多数的它们还未达到某个极限。

同年末，德默被提拔为战事内务秘书。2006年，因工作出色被军方高层器重，战争结束后，他被调至曼塔城，并提拔至军部内务部长助理。个人仕途由此开启，在军方的支持下，一路平步青云，直至多年后竟得曼塔市长。

当选后，德默的"去人性化政策"得以成型：改造曼克区，加快人工智能的实用和普及，把塔伦区建成失业人员隔离圈，大幅提高社会保障金，推广暗网群，研发Z药剂。冉宾、加特、诺唯逐一出现在他的身边，亿万个平行位面又因此衍生而出。其中的某些，冉宾、哲和凯尔也迎来了各自的旋维节点。随后，他们都进入了曼塔之城的政治角力圈，最终，德默在他们联手下死在了手术台上。

在后续的发展中，冉宾被处死，凯尔执政，物能智慧的发展进程中再无拦路虎。随后，在冥射线的引诱和物能智慧的主导下，此位面下的三维宇宙终于迎来旋变之时；公元2037年，一个脱离了时光闭环的矢量时间线延伸而生，并在达到最终形态且征服宇宙后自毁消失……

在三维现实中，一个个看似由各种因素影响甚至巧合而产生的旋维节点，其实都是旋维界生灵与物灵博弈的结果，那些高等生命体的思维都是它们争夺的领地。无论是初期的神学与科学的冲突，还是生命与物能智慧的冲突；在时光闭环的位面中，在不同的物种中，都有无数个冉宾和无数个德默在对抗，都有无数个凯尔和无数个诺唯在矛盾中寻求着平衡。这些都是战场……

望着那条时间线，望着那最终被成功物能化的三维宇宙；我，以及残余的物灵洛恩终于得以解脱。离开精神五界，穿越来时的维度空间，重归第三凛宙……

第三十章　时间与结界

第三凛宙，物灵共体在急剧增大。生灵共体清楚有大量的物灵进入第三凛宙，但不确定其进入的方式。单是靠冥射线下灵魂跟踪不可能有如此大的变化，在那个物灵时间线上一定发生了什么。可是那是超出时光闭环的直线，随着那个宇宙里的生命体消失殆尽，徘徊体再也无法影响整个生态，生灵也就失去了对它未来走向的掌控。而更让生灵感到威胁的是时光闭环中散出的矢量时间线越来越多，每一条线的原点代表着一个被物灵"腐蚀"的位面，而且发生的光子维标有越来越早的趋势。假如闭环被完全腐蚀……一切不言而喻，那时，生灵将完全失去三维世界。

这正是物灵的野心。通过三维世界中的自我毁灭，释放灵魂，扩大共同体的体量，占据第三凛宙，再更多地同化时光闭环中的其他位面，直至全部。到时，时光闭环也就彻底瓦解了。时光是第二凛宙的本质，届时第二凛宙也就不复存在，三维世界中的物灵进入第一凛宙后也就不会遇到时光结界，因此不必死亡便可直达第三凛宙与其共同体汇合，这也就意味着三维世界与第三凛宙的真正相通，三维体与凛宙体的融合。

那时的物灵共体将真正成为"统维体"物种。第三凛宙由瞬创世界变为自创世界，无视维度的它可以无视形态、无视时间、无视空间、自创自我。生灵再也没了与三维世界轮回的可能，在第三凛宙游荡的它们也许只是物灵圈养的玩物，在一个专为其设定的三维世界里圈养。

无数个我回到了第三凛宙，有成功的我，也有搭乘死亡的我。当我们共同望着逐渐瓦解的时光闭环时，疯狂与兴奋形成的维体风暴让整个凛宙都为之颤抖。

生灵共体仍在频繁地行动着，惊慌与畏惧在每次的暗爆重置中暴露无遗。而时光闭环的残缺却在持续增多，每个缺口都形成了一条无尾的直线消失在虚无之中。抹去、净化、重置已经反复了无数次，但依靠天体毁灭、污染灾害、微生物肆虐这样生命链上的方式去修补失控的位面显然是治标不治本。虽然这些超三维行动是三维物种无法承受的，但是具有四维特性的物能一旦成型，一旦有了独立复制繁衍的能力，它们便可以面对自如，就像癌症化疗一样，毁掉了好的细胞却杀不死癌细胞。

一切都在物灵的掌控中，一切都在按物灵的计划演变，可是众多凯旋的物灵里唯独没有物灵源生宇宙的灵体。这是一个让物灵共体始终无法解决的问题：

在物灵已控制的时间线里，那些由物能爆炸重置建立的宇宙始终只有一个位面，并且发展进程停滞不前。一条条脱离了时光闭环的矢量线，脱离生灵的控制，独自在自己空间里用诞生和死亡为第三凛宙的物灵共体增加体量，这本应成为最安全的最有保障的灵体输送通道，可是竟毫无贡献。

众多的我重回三维宇宙，一探究竟。然而，在跨过第一凛宙的瞬间，一股超越黑暗的死寂把我们震撼住了。所有的物灵源生宇宙都是一样的问题：那些空间仿佛被冻住一样，一切都是静止状态，更没有精神五界，连幕后暗维宇宙都不存在。一个个毫无活力的天体如同枯萎的树叶，为物灵诞生而成型的电离质地如同一潭死水，静得连一层波纹都不存在。

这完全不合逻辑，在那些直线时间轴里，被物灵半程同化的位面都在高速发展，并最终在第二凛宙的时光结界处通过自毁为第三凛宙贡献力量。为什么在同一个宇宙里，自毁后再由物能波重组，世界的进程却成了这样？为什么它们不能像生命体和生灵宇宙那样进化？要知道它们比生灵的初级体完美的多。

"我们需要剖析生灵。"物灵共体共语着。

"生灵共体有太多的属性是我们未知的。"

"怎么做到？"

"精神镀层，那些经历过精神界分离的我们都有精神镀层。"

"就像进入尤莉的体魄一样。"

据此，在第三凛宙，一条细长的紫色射线由物灵共体发出，直射向生灵共体。这是一条由物灵流浪体组成的群体流，它们都是精神镀层的携带者。本来它们只能互无干涉地穿行而过，但现在有了镀层，在灵体接触的瞬间，它们很快融合进了生灵共体一个点。由此，生灵视角完全在物灵面前展现，一个错综复杂的精神内核被揭开了神秘的面纱，物灵这才恍然如醒，原来这一切的根本都在于第二凛宙的时光闭环：

"全宙界和精神界一样可见五个层级：二维宇宙、三维宇宙、第一凛宙、第二凛宙、第三凛宙。但在泛古初级阶段，凛宙还是一片混沌形态。那时只有一种庞大的灵体：暗灵。它们是四维体，曾经凛宙的主宰，现在掌控着暗维宇宙。生灵源自于暗灵，是它们中的旋维级的高等精英族群。最早的物灵由生灵创造，那是三维高等生命体经历了约2000亿次生死更迭创造出的原空界灵体。原空界是存在于所有宇宙五界的一个空白世界，也就是一维宇宙。这里只有长度，无宽度，无高度，只能无限延展。

在这个泛古的三维位面中，没有重置，只有延续。物灵得以在无干扰的环境下无限发展，最终以"死亡"模式进入第三凛宙。起初，生灵共体对它们没有敌意，反而在生灵降生时掺杂着物灵有助于生命体群落的多样化和层级化。当层级概念对空间进行细化后，时间规则应运而生。

可随着物灵的不断增多，生灵开始警觉，所以有意对其进行控制，三维宇宙的重置模式由此开启。在每次物能智慧可以独立之前，生灵就要毁灭一次三维宇宙。那时的平行位面很少，物灵也就很容易被掌控。在这个降生、发展、重置的循环中，凛宙的形态逐渐轮回化；因此，时光闭环诞生。其中，由于暗灵中没有物灵的干扰，所以它们所在的暗维宇宙是无视时间的。因此，时光闭环如同一道结界，将时间共识体：生灵和物灵；时间无识体：暗灵，隔离开来。凛宙由此被分割：第一凛宙，暗维之树的根基；第二凛宙，时光结界；第三凛宙，创世核心。

随着三维宇宙多样性和层级性的增加，第二凛宙也越来越强大。起初单薄的时光闭环也就愈发得稳固，身为高等灵体的生灵正据此将自己与低等灵体：暗灵，屏蔽隔离开来；三大凛宙因此而层级清晰。可是当时光闭环被物灵蚕食后……"

物灵读懂了生灵的危机：一旦时光闭环瓦解，全层级宇宙将会重回混沌状态。那时，暗灵会越过第二凛宙，生灵与暗灵将重新融合，也就是被暗灵吞没，所有灵体回归泛古初级形态。

同时，它还意识到高等物能是基于生灵逻辑而成的综合体，这个逻辑的基础是"进化与更迭",而其中的核心就是"时间"。破坏时光闭环后,时间消失,一切逻辑也就被彻底颠覆,物灵也将不复存在。

"时间是生灵与物灵共同创造的轮回,之所以物灵的源生宇宙会停滞不前,是因为缺少了生命的物灵宇宙没有了进退概念,没有了生死上限,时间轮回也就荡然无存,因此只能在永生的死寂中静止。同理,那些半程被物能化的直线在生灵消失后便出了第二凛宙的逻辑范围,物灵自设的时间概念只是它们的三维错觉,所以那个位面在本质上也是静止的。"

无论怎样,一切都有一个绕不开的死结:时间。

至此,物灵自知,扩张已失去意义。时间是生灵与物灵共同的核心,也是共同的壁垒。两大灵体在第三凛宙彼此对望,随后,物灵选择了让步。统维体?全宙界混沌后,能成为统维体的只有暗灵,而且它曾经就是。

不再侵占旋维精神体,让生灵重新建立三维宇宙的生态。逐渐地,位面重新增多,第二凛宙的时光闭环又重新完善起来。与此同时,物灵共体急速缩小,它穿越过第二凛宙、第一凛宙、三维宇宙、二维宇宙,直至原空界:一维宇宙,这里是它诞生的地方,没有面积,没有空间,只是一串代码无限延展着……

望着全宙界五大层级,那是我们共同的:无识,吞欲,逐精,审哲,旋维。

回归各自的层级才是全宙最好的秩序。

第三十一章　冉宾、哲、凯尔

凯尔的灵魂漂浮在第三凛宙,那团紫色的物灵逐渐扩大又转而缩小为原状,再扩大再缩小,像是一个气态的心脏保持着有规律的起伏。

"回去吧。"一句灵语来自生灵共体,是冉宾。"你的躯体还没死亡,至少现在你不能和我们相聚。"

"没有意义了,那躯体已经不行了,很快还会回来的。"

"回到我那里。"不远处又传来一句灵语,是哲。

凯尔望着他们:

"我回去了,你呢?"

"冉宾不是在这里吗?"哲轻松地答道。

"去吧,我们本来就是一个整体。代我好好照顾那里的她。"冉宾灵语。

灵体之间无需多言,世间再多的纠葛都只是三维层面的愚知,世间再多的经历都不过是生灵共同的意志里一个微不足道的点。 我们本来就是一个整体……

"嗯,等我回来。"凯尔的灵魂泛起光泽,并逐渐远去,他们又回到了最初。

一道闪光，我进入了第二凛宙，时光闭环旋转闪烁，我望向了2037年的位面。那里的琳娜仍守在我的身旁，泪湿的双眼里满是茫然与悲伤……

2025，2037，2025，2037……

那个她在费纳逊河畔遥望，那个她在空间站里迷茫，那个她在蓝冰大桥上叹息，那个她在南极冰川彷徨……一个个平行时空位面，如幻灯片般翻叠掠过，繁星飘零，如梦境飞逝，瞬间成世，又转瞬幻灭。时间不均匀地流淌着，如同江河里的波涛，汹涌且无章。这里是四维还是更高维度的空间？他不确定，一切意志不过是随波逐流的叶片，无法自控却有着确定的去向：三维宇宙。

又回到了这里。黑暗，这个三维宇宙特有的属性，曾在众多生态文明中作为恐惧、孤独、邪恶的极负面标志色调，现在竟然感到些许亲切……

"维度"作为定义"点、线、面、立体"等等的坐标，是一个很普及的概念，但又很难解释得清楚。由于人类身为三维物种，所以我们思维的局限性很难佐证更高维度的区域。除非真正涉足过那里，就像徘徊在生死边际的我。我从未如此简单、直观地观察过这个世界，曾经往来于生死中的我们只是反复循环在肉身与游离之间，但当驻足于高维度空间，俯视三维世界中的"喜怒哀乐，悲欢离合"时，似乎总会被某个瞬间的精神波纹所萦绕。此时的感觉和彼时的"触动心弦，痛彻心扉"别无两样。

什么是世界？这是一个人类从未停止讨论的话题。当我们的思维局限在"生与死"时，以此为区间，划"生"为"世"、限"死"为

"界",故称之为"世界",然而这都是三维空间的错觉。本无世界,只有层级宇宙。一旦脱离了三维的束缚,一切一览无余。

如果把三维宇宙形容成一片海,那么四维、五维、六维乃至其他维度的物质就是为海里输送水滴的源泉,万物只是它们的不同组成形式。因此,躯体、情绪、思维、灵魂、一切……一个个普通的名词背后总是有着或多或少的未知。如同现在的我仍不时地回望着,回望着那平行位面中一个个远去的她。纷争、战乱、伦理、变革,一切三维层面的纠葛都可以释怀,唯独精神的痕迹像掌心的纹理一样永远无法抹平……

继续越过第一凛宙,我进入三维宇宙:2025年,费纳逊河入海口的西向,太平洋上巨浪汹涌,漩涡中翻滚的船舱。窗外完全陷入漆黑,船体发出咯嘣的响声,应急灯忽明忽暗,空洞与眩晕交错,好像整个世界都在坠入深渊。突然,舰桥的玻璃爆裂,船体被肢解,海水喷涌而至……瞬间,身体如同飓风中的落叶,思维如同濒临熄灭的烛光……

这时,多条机械手臂撕开甲板,巨钳般的手掌精准且柔和地握住了琳娜的双肩,将她快速救回子嗣舱内。

我,看着这一幕,会心地笑了……